안녕,

평양

안녕

평양

성석제

공선옥

김태용

정용준

한은형

이승민

용오름
Books

우리, 평양과 만나게 될까요?

세상에 그런 곳은

— 공선옥

완이 아침에 눈을 떴을 때 간밤에 함께 술을 마신 김장석한테서 온 '혹시 해고 문자가 오지 않았느냐'는 문자를 받고 나서 확인한 해고 문자는 너무나 간단명료한 것이었다. '금일부로 귀하와의 근로계약을 종료합니다. 그동안 수고하셨습니다'. 삶은 갈수록 숨가빠졌다. 2년 계약이 1년으로 1년이 6개월로. 그런 어간 어디쯤부터였을 것이다. 어디서 무슨 일을 하든 석 달, 석 주, 아니 삼 일, 세 시간, 삼 분, 삼 초 안에 그런 문자를 받게 될지도 모른다는 공포가 솟아나기 시작한 것은. 말하자면 인생 자체가 하루살이 인생이 될지도 모른다는 공포 말이다. 김장석은 당장 다음 날부터 회사 앞에서 해고 무효 투쟁 발대식을 할 거라고 했다. 해고자들은 빠짐없이 참석해서 기필코 복직을 쟁취하자고 말할 때의 김장석은 씩씩한 장군 같았다. 아직 김장석은 생의 의욕이 충천했다. 완은 해고 무효 투쟁 발대식에 나가지 않았다. 만사가 귀찮았다. 생과 사가 그리 복잡한 것이 아니라는 생각은 진작부터 하고 있었다. 적어도 태어난 것은 자기 의지대로 못했으니 생을 그만두는 것은 자기 의지대로 하고 싶다는 생각을 한 것은 해고 문자를 두 번째로 받았을 무렵일 것이다.

고향 친구 순길이한테서 온 '부채 상환 독촉' 문자는 해고 문자 다음에 찍혀 있었다. 순길에게 빚을 갚기 위해 그에게서 빌린 빌라 보증금을 뺄 수는 없다. 난감했다.

생을 그만둘 때 그만두더라도 빚은 갚고 그만둬야 할 것이다. 죽어서까지 욕을 먹고 싶지는 않다. 집을 막 나서려는데 남동생에게 전화가 왔다. 완은 동생의 전화를 받느라 자신이 가야 할 버스 정류장이 아니라 공원길로 접어들고 있었다. 갈 곳을 정해 놓고 집을 나섰던 참이었는데, 순간적으로 자신이 집을 나온 이유를 잊어버렸다. 완은 애초에 고등학교 동창 미남이를 생각했다. 결코 미남이 아닌 미남에게 꾸어준 돈 백만 원 중 아직 못 받은 육십칠만 원을 생각하고, 그 돈이라도 받으면 순길에게 부치리라 하고서 집을 나섰던 참이었지만 동생의 전화를 받는 동안 자신이 집을 나선 목적을 잊어버리고 갈 곳을 잃어버렸다.

완은 동생의 전화가 계속되는 동안 걸었다. 정처 없이, 하염없이. 집을 나선 순간에는 햇빛이 났는데 걷는 동안 흐려졌다. 완은 그런 줄도 모르고 전화 받기와 걷기에 골몰했다. 그러나 완은 사실 진작부터 전화를 끊고 싶었다. 그러나 그도 정확한 말은 아니다. 사실 동생이 전화한 내용이 그리 나쁜 소식만 아니라면 계속하고 싶었는지도 모른다. 전화를 받는 동안 날은 흐려지고 완의 곁으로 차가 열 대쯤 지나가고 자전거를 탄 아이 셋이 지나고 유모차에 몸을 의지한 할머니가 한 명 지났다. 날이 흐리긴 했지만 바람은 왠지 모르게 삽상했고 '밭가운데 카페' 너머 우뚝 솟은 미루나무 위에서 까치 두 마리가 깍깍거리며 서로를 희롱하고 있었다. 내가 이 세상을 떠난 뒤에도 저 까치들은 여전히 깍깍거리겠지, 하는 생각이 문득 들었고, 그러자 순간 코끝이 싸해졌다.

"큰형이 짐을 다 싸 가지고 왔어. 한 노인 거천하기도 힘들어 우울증 도질 판인데, 씨발."

"야, 아무리 그래도 말끝에 욕을 달면 쓰냐."

막내가 큰형 말을 하며 욕을 단다는 것은 같은 형으로서 그냥 넘겨서는 안 될 말버릇인 것 같아, 얼른 한마디 했다. 동생한테 형으로 구는 것도 이제 거의 막판일 것이다. 치매 어머니는 칠 남매를 낳았고 지금 혼기 놓친 막내와 산다.

"아니, 큰형한테 하는 게 아니라 내 상황이 지금 욕 나오게 생겼다고요. 부부싸움 했다고 집을 나오면 어떡하잔 거냐고. 그래서는 하필 나한테 오면, 내가 어쩌라고."

"큰형이 있으면 얼마나 있겠니. 언젠가 큰형이 그러더라. 자기는 고등학교 다닐라고 집 떠난 이후로 한번도 어머니랑 시간을 보내본 적이 없다고. 이제 어머니 가실 날도 머지않았는데 어머니 곁에서 하룻밤 보내게 해라. 그것이 너한테 어머니를 모시게 해놓고 늘 마음 무거웠을 큰형을 편하게……."

완은 무엇보다 자신이 마지막이 될지도 모를 시간을 어머니 곁에서 보내고도 싶었다. 그러나 내색을 할 수는 없다. 목이 메는 기미를 마침 완이 걷고 있는 좁은 이면도로 옆 개천에서 나는 공사 소음이 덮었다.

"석아, 나중에 다시 전화할게. 내가 지금 급한 볼일이 있어서……."

"알았어, 하여간 작은형이 한번 와서 봐봐. 큰형은 작은형 말만 듣잖아."

완이 석에게 말한 '급한 볼일'은 완에게 아무 상관도 없다면 없는 일이었다. 그러나 이상하게 동생에게 급한 볼일이라고 뱉어 놓고 보니, 뭔가 제 일처럼도 여겨져서 완은 개천 바닥으로 급하게 내려섰다.

"이봐요, 어이 어이, 이보라니까요."

기사가 저리 물러가라고 고갯짓하는 것은 위험하니 접근하지 말라는 신호라는 것을 모르지 않았다.

"무슨 공사를 하는 거요, 지금?"

"하수도 관거공사."

기사의 반말 투가 거슬렸다. 그래서 관거공사가 뭔지는 몰라도 대뜸,

"누구 맘대로 관거공사를 하는 거야."

"내가 알아? 공사해 달라고 연락 와서 하는 거지. 더 알고 싶으면 저 사람들한테 물어봐."

개천 상류에 헬멧 쓴 사내들이 서 있었다. 근데, 이 자식이 나를 언제 봤다고 꼬박꼬박 반말이야, 하려다가 그러면 시비가 길어질 것이고, 무엇보다 시비를 해가면서까지 무슨 일에 관계한다는 것이 무의미하게 느껴져 그쯤에서 물러나기로 했다. 기사는 다시 포클레인 시동을 걸었다. 완이 길 위로 올라서려는데 헬멧 쓴 사람들이 어이, 어이, 완을 향해 손짓하고 있었다. 그들이 반말 투로 부르는 것이 기분 나쁘다기보다 대꾸할 의지가 안 나서 완은 그대로서 있었다. 헬멧 쓴 사내가 다가왔다.

"젊은 사람이 지역의 일에 관심을 가져 주시는 것은 고마운데, 공사 현장에 직접 들어오시면 곤란하지."

비록 장가는 못 갔지만 사십 줄 넘은 지 오래된 사람한테 젊은 사람, 이라고 해주니 기분은 그리 나쁘지 않았다.

"공사 이름이라도 알려주는 현수막 하나 정도는 붙여주셔야 제가 직접 들어오지 않고도⋯⋯."

"이 공사로 말할 것 같으면 마전읍 푸른 물 가꾸기 하수관거 공사인데 그러니까 하천으로 유입되는 오수와 우수를 분리해 주는 관을 매설하는 공사인 것인 바⋯⋯."

갑자기 도시화가 진행된 상황이라 논밭에 우후죽순으로 아파트들이 들어섰고 아파트 인구를 보고서 또 마트들이 논밭에 들어섰다. 아닌 게 아니라 완도 가끔 이용하곤 하는, 완이 사는 지은 지 삼십 년 된 강촌빌라 왼쪽에 있는 마트에서 뺀 것이 틀림없는 주황색 비닐 호스 속에서 쏟아져 나오는 거품 뿜은 폐수가 하천을 더럽히는 것을 완도 개천길을 오며 가며 봐오던 참이었다. 바로 그 하수에서 쏟아지는 물을 따로 빼는 관을 묻는 모양이었다.

"참 좋은 일을 하십니다, 아무리 그래도 그렇지, 주민들한테 이것은 무슨 공사입니다, 라고 알리는 현수막 하나도 붙이지 않고 대뜸 공사부터 하시면 저같이 호기심 많은 주민들이 위험을 무릅쓰고 공사 현장에 직접 출몰하지 않을 수가 없지 않겠습니까."

제 일이 아닌 일에는 부담이 없어서인지 말이 잘 나온다.

"현수막 건은 우리 소관이 아니고 공무원들 소관이긴 하지만 민원이 발생하지 않도록 최선을 다해서 처리하도록 해볼 것인 바……."

"꼭 그렇게 될 것이라 믿고 이만 저는……."

그렇게 마무리를 짓고 개천을 돌아 나오는데 자신이 뭔가 중요한 일 하나를 처리한 것 같아서 기분이 우쭐해졌다. 숨도 돌릴 겸, '밭가운데 카페'에 가서 커피 한 잔으로 목을 축이고 싶어졌다. 원래 밭이던 데가 공원이 되었고 그 공원 한 귀퉁이에 들어선 카페를 완은 자기 식대로 '밭가운데 카페'라 부른다. 카페를 들어서며 눈길은 저절로 그녀가 있는 주방 쪽으로 가고 있었다. 완은 생각했다. 어쩌면 카페의 그녀가 삶에 대한 자신의 생각을 돌릴 수 있는 유일한 사람일지도 모른다고. 완에게 그런 기대가 생긴 것은 태어나는 것은 맘대로 못했으나 죽는 것은 맘대로 할 수 있다는 생각을 하면서부터였는지도 모른다. 틀림없이 그럴 것이다.

*

준의 누나는 조·중 국경을 넘은 후 신세를 졌던 조선족 안씨 할머니의 딸이 사는 구로동에서 일하다가 전라도 남자를 만나 남자의 누나가 사는 이곳 남양주 마전으로 와서 횟집을 하고 살았다. 매형의 고향이 전라도 비금도라고 했다. 북쪽 끝에서 온 누나와 남쪽 끝에서 온 매형이 한반도 중간쯤에서 터를 잡은 셈이다. 준은 사실 탈북자에게 주는 초기정착금을 누나의 비금횟집에 전부 쏟아부었다. 그러나 비금횟집은 문을 연 지 일 년이 되어가는 지금 파리만 날리는 형국이다. 이곳 마전읍 사람들은 물고기보다 육고기를 더 좋아하는지 천지에 고깃집이 널려 있는데도 문 닫은 고깃집은 없는 듯했다. 준은 날마다 앞으로 어떻게 살 것인가를 생각했다. 국경을 넘어 누나가 있는 한국 구로동까지의 여정이 자신의 인생에서 마지막 고난일 줄 알았다. 그런데 준의 앞에 닥친 고난은 전혀 새로운 것이었다. 함경도 무산 집을 떠나 머나먼 타국을 거쳐 이곳 경기도 마전까지 와서 이런 삶을 살 거라고 준은 한번도 생각하지 않았다. 그러나 인생은, 준을 이곳 마전에 데려다놓았다. 꿈에서도 보지 못했던 낯선 고장에.

또 어딘가로 떠날 것인가, 이곳에서 진짜의 삶을 살아볼 것인가. 진짜의 삶을 살 수 있는 계기를 어떻게 만들 것인가. 준이 밭 가운데에 있는 이 카페를 오는 이유는 그러니까 바로 이곳에서의 진짜 삶을 살 수 있는 계기를 만들 수도 있지 않을까, 하는 기대 때문인지도 몰랐다. 그녀와 함께라면 이 낯선 고장에서의 낯선 고난도 기꺼이 감수할 자신이 생길 것 같았다. 그 기대를 갖게 하는 카페의 그녀는 그러나 아직 준에게 손님을 대할 때 이상의 눈길을 한번도 준 적이 없다. 아니, 준의 존재 자체를 알고 있는지도 알 수 없다.

오늘 따라 손님은 계산대 바로 아래의 준과 창가에 앉은 남자뿐이다. 손님이 두 사람뿐이어서였을 것이다. 준은 남자에게, 아니 실은 그녀에게 인사를 했다.

"비가 오려는 모양이지요?"

그녀는 역시나 주방 쪽으로 돌아서서 말이 없고 남자도 별 반응이 없다.

남쪽의 사람 관계는 냉차다, 라는 말을 누나한테 듣기는 들었다. 준은 냉차, 라는 말이 떠오름과 동시에 으스스 한기가 몰려오는 느낌에 온차, 아니 뜨거운 차를 한 잔 더 마시고 싶었다. 그러나, 찻값이 부족해서 그만두었다.

*

완은 준이 건네는 말을 듣지 못했다. 그녀에게 신경이 곤두서 있었을 뿐더러 자신이 왜 집을 나섰는지를 다시 생각해야 했고 그때서야 순길에게 진 빚이 생각났고 그리고 미남이한테 꾸어준 돈이 생각났다. 그런 생각을 하느라 커피는 진작 식었다. 미남이를 다시 생각했다. 정확히 말하면 돈을. 미남이한테 재작년에 꾸어준 돈 백만 원 중에서 돌려받은 삼십삼만 원을 뺀 나머지 육십칠만 원을. 미남이가 돈을 꾸어 가서 일부만 갚고 나머지를 갚지 않는 수법으로 돈을 떼어먹는다는 사실을 완은 최근에야 알았다. 어느 날 한밤중에 미남이, 잡음이 심한 전화로 자기는 지금 베트남에 있으며 물건을 다 사서 선적만 하면 되는데 선적비가 조금 모자라서 그러니 급하게 백만 원만 보내 달라는 것이었다. 한국에 오면 금방 갚겠노라던 미남에게선 소식이 없었다. 돈 백만 원 가지고 쪼잔하게 군다는 소리 듣기 싫어 잊어버리자고 결심했고·실제로 잊어버렸는데 어느 날 문득 길에서 우연히 만난 미남이 정말 미안해하면서 주섬주섬 호주머니에서 돈 삼십삼만 원을 건네주던 것이었다. 미남의 초라한 행색 탓인지는 몰라도 그때는 왠지 그 돈을 받아서는 안 될 것 같이도 여겨졌다. 또 굳이 호주머니를 뒤져 삼십만 원도 아니고 탈탈 털어 삼십삼만 원이라니. 뭔가 울컥해서 그날 완은 미남에게 팔만 원어치의 회와 술을 샀었는데 미남이 술수에 넘어간 놈이 여기 또 있었네, 하는 소리를 다른 친구한테 듣고서야 알았다. 미남이 실은 베트남에 간 적도 없었다는 사실을. 미남이 다른 친구한테도 나는 지금 싱가포르인데 어쩌고저쩌고 하면서 급하게 돈 좀 보내 달라고 했다고 하는 말을 듣고서였다. 미남의 행태를 생각하면 생각할수록 화가 났다. 아니 자신한테 화가 났다. 화가 나면 날수록 그만 잊어버리자고 앞으로 다시는 그 사기꾼을 상대하지 않으면 된다고 결심해 놓고도 또 상황이 안 좋아지면 맨 먼저 생각나는 것이 미남인 것은 왜인가. 그깟 칠십만 원도 안 되는 돈이 자꾸만 생각나는 것이. 그 돈이라도 순길에게 보내주면 미남이 삼십삼만 원을 주섬주섬 꺼내 줄 때 자신이 그 랬던 것처럼 순길도 감동을 할까. 그랬으면 좋겠다는 기대도 아주 없지는 않았다.

전화벨이 울렸다. 이번에는 여동생이다. 남동생과 여동생이 번 갈아 전화하자고 짠 것 같다.

"오빠, 잘 있는 거야?"

"잘 있잖고."

(죽겠다!)

"형칠이가 말여, 아가씨를 임신시켜 버렸대."

"아가씨라니, 뭔 아가씨를?"

"갸가 아가씨 하나를 사귀었거든."

(사십 넘은 나는 하나도 못 사귄다!)

"그래, 근데 임신을 했어? 떡 본 김에 제사 지낸다고 임신한 김 에 결혼해야지."

"근데 그거이 아녀. 알고 보니 아가씨네가 일전 한 푼 없는 땡 거지여."

(너희 집은 안 그렇고?)

"아이고, 그렇구나. 그렇대도 임신까지 했으니 책임을 져야 마땅한 일이지."

"오빠, 결혼하면 집은 남자가 마련해야다는 건 알지? 우리한테 그럴 돈이 어딨어. 애만 떼면 결혼이야 나중에 해도 되잖어. 그 래서 말인데 오빠, 미안하지만 아가씨 애 뗄 돈 백만 원만 좀 어떻 게 안 되까?"

(예끼, 이 호로잡것아, 내가 지금 먹고 죽을 쥐약 살 돈도 없따!) 그러나,

"아참, 거 안됐구나. 어떻게 한번 알아보마."

"수중에 백도 없어?"

(그러는 너는 왜 없냐!)

"요새 내가 좀 여유가 없따."

"누군 뭐 여유가 있어서……."

묘하게 사람을 가르치려드는 여동생의 기색에 역정이 나 그만 전화기 폴더를 탁 닫는 참인데,

"비가 올란가, 날씨가 꾸무럭거립니다."

그제서야, 완도 인사를 했다.

"그러게요. 날씨도 꾸무럭거리고 사는 것도 그렇고. 씨발."

끝에 욕을 단 것은 아직도 남동생이 한 욕이 귀에서 쟁쟁거리는 것이 거슬려서 침을 뱉듯이 뱉어 내버려야겠다 싶어서였을 것이 다. 그러나 결과적으로 완은 욕을 뱉은 것이 무안하여 카페를 나오 고 말았다. 무엇보다 카페의 그녀가 들었을까 겁나서였을 것이다.

*

용호는 술을 홉사 쥐어패듯이 마셨다. 두만강을 다 건넜을 때 제 집 쪽을 향해 목 놓아 울던 열일곱 살짜리가 이제 스무 살이다.

"술이 뭔 죄가 있다고."

"술은 죄 없죠. 인간이 죄지."

"인간도 죄 없어. 돈이 죄지."

"돈이 왜 죕니까, 세상이 죄지."

"죄 없는 세상은 없을까?"

"어딘가 안 있겠습니까. 어딘가에 분명히 있을기야요."

용호의 이마에 주름 두 줄이 깊게 잡혔다. 지금 용호가 죄 없는 어딘가를 찾아서 또다시 떠날 준비를 하고 있다는 것을 준은 알고 있었다. 죄 없는 세상, 혹은 죄 안 짓고도 살 수 있는 세상이 어디에 있을까를 준은 생각했다. 누나는 장마당에 나온 개를 훔쳐 삶아 먹고 개주인한테 치도곤을 당한 뒤 마을을 떠났다. 개고기를 먹은 뒤 아버지와 어머니가 무언가를 실컷 먹을 수 있던 날은 준이 어딘가에서 뭔가를 훔쳐왔을 때뿐이었다. 준은 정말 아무것도 훔치고 싶지 않았으나 먹고 산다는 것은 죄를 짓지 않고는 불가능했다. 두만강 물속을 헤쳐 조·중 국경마을에 숨어들어 밥을 훔쳐 먹었다. 주인 여자는 자꾸 더 훔쳐 먹으라고 했다. 나 몰래 살살 실컷 훔쳐 먹으라. 배아지가 터지게 훔쳐 먹으라. 준이 먹기를 멈추자, 주인 여자가 준을 빗자루로 후려갈겼다. 배아지가 터지게 처묵으라. 훔쳐 먹는 것은 안 먹을 자유도 없는 줄 몰랐네?

오늘 새벽에 그 여자의 몰랐네? 하는 쇳소리에 놀라, 잠을 깼다. 그런데 언제부터 떨고 있었는지 휴대폰이 머리맡에서 풍뎅이처럼 푸드드거렸다. 머리통도 빠개진다.

"잡니까?"

"안 자니까 받았지."

"어찌 살랍니까."

술자리에서는 정작 묻지 않던 말을 술 먹고 헤어진 뒤 잘 자던 사람 깨워 묻는다.

"닌 어찌 살라는데."

"아침에 알바 하나 안 할랍니까."

"무스그 일인데?"

"아침 열 시까지 광화문으로 나오십쏘. 어데를 갈라 해도 이빨이 뽀사져서 밥을 못 먹으니 위장이 탈났습니다. 그래 이빨값이라도 벌라고 가는데 삼촌도 노느니 뭐라도 안 해야겠습니까?"

"이빨은 왜?"

"쌈이 났습니다. 중국 사람 많이 사는 가리봉 있잖습니까. 중국 사람이 조선 사람한테 돈 꾸어준 거 못 받아서 나한테 부탁을 하더란 말입니다. 그 돈을 받아 가지고 오면 준다고 해놓고 안 줘서 그만 쌈이 나서, 낸 중국놈 이마빡을 터치고 그놈은 내 이빨을 뽀샀습니다."

무산에서 이웃에 살던 용호는 엄마 아버지를 병으로 잃고 천애고아가 되어 준을 삼촌이라 여기며 따랐다. 한국 와서 나이는 열일곱이어도 키가 작아 중학교에 넣어 놨는데 적응을 못하고 거리생활로 스물이 되었다. 남쪽 식 농담도 곧잘 해서 누가 어느 학교 나왔느냐 물으면 거리학교 나왔다고 받아칠 줄도 아는 용호는 그러나 돈 받고 일 해결해 주기로 했다가 돈도 못 받고 이빨만 부러진 것을 보면 거리학교에서 그리 우등생은 아니었던가 보았다. 돈이 없어 이빨을 못 해넣고 이빨이 없어 위장병을 앓는 용호한테 준은 휴대폰비 삼십만 원을 꾼 적이 있다. 지가 이빨 해넣을 값이라도 벌려고 나가는 일에 나와서 저한테 값을 돈이라도 벌라는 전화일 것이다.

*

'내가 너한테 꾸어주고 돌려받은 돈 삼십삼만 원을 제하고 남은 육십칠만 원을 돌려주었으면 한다. 왜냐하면 내가 고향 친구한테 꾼 돈이 있는데 그 친구 어머니가 입원했다고 한다. 병원비가 모자라서 얼마라도 돌려줘야 할 것 같다. 내가 너한테 돈을 돌려주라고 하는 이유는 그래서다', 머릿속으로는 그런 말을 정리하는데 정작 입으로 나오는 말은,

"비가 올려나, 눈이 올려나."

'밭가운데 카페'에서 비가 올려는 모양이지요? 라고 말을 건네온 남자의 영향 때문이었을 것이다. 느닷없이 비가 올려나, 눈이 올려나 했던 것은.

"정선아리랑 하냐?"

"말 나온 김에 정선이나 가볼까?"

꼭 정선이 아니라도 좋을 것이다. 지금 이곳과 다른 곳이기만 하다면.

"옛날에 내가 도 닦겠다고 상원산지 어딘지 강원도에 갔다가 배가 무지 고파 무조건 산을 내려왔거든, 와아 그때 눈은 펄펄 나리는데…… 눈도 보통 눈이 아냐, 와아, 그 눈…… 우욱."

미남이 말 잘하다 말고 울음을 터트렸다.

"야아…… 눈은 나리는데…… 눈은 나리는데…… 어어엉."

눈은 나리는데 뭘 어쨌다는 것인가. 이놈이 내가 돈 얘기할까 봐 연막을 치는 것인가. 미남의 울음이 황당하면서도 그러나, 또 묘하게 마음을 울리는 느낌이 들었다. 말하자면 미남은 눈 내린다고 울 수 있는 섬세한 예술적 감성을 가지고 있는지도 모른다. 그

런 미남에게 빌려준 돈 내놓으라고 하는 짓은 너무 야박하지 않을까. 완은 그만 돈 이야기하는 것을 포기하고 말았다. 아닌 게 아니라 미남과 함께 눈 내린다는 이유만으로 울음을 울어도 누가 뭐라고 하지 않는 세상에서 살고 싶어졌다. 세상에 그런 곳이 어디 있을까.

돌아오는 길에 눈이라도 내려주면 좋겠는데 날은 흐리기만 했다. 눈이 시가 되고 음악이 될 수도 있을까. 그런 공상을 순길의 문자가 와장창 깼다. 순길의 문자는 흡사 호랑이가 으르렁거리는 것만 같았다. 순길의 문자 밑에는 여동생의 문자가 앙앙대고 있었다. 아주 성질 사나운 고양이처럼. 우선 다루기는 고양이가 만만하여 동생한테 문자를 쳤다.

형칠이 건은 어찌 됐냐?

일 나갔지 뭐.

이제 좀 철이 들었는가? 생전 안 나가던 일을 다 나가게.

오빠 때문이지. 아가씨 애 뗄 돈 마련해얄 거 아녀.

그게 왜 나 때문이냐?

오빠가 돈 마련해 줬으면 지금 이 순간에도 공부해얄 놈이…….

잠시 침묵했다가,

그래, 무슨 일이라니? 용역도 가지가지 아니냐.

있잖아 그거, 용역깡패!

그 착한 놈이 깡패를 한다고?

말이 그렇다 그거지. 깡패는 아냐, 용역이지.

조카 형칠은 군대 갔다 온 이래 내리 삼 년 동안 구급공무원 시험 준비생이다. 군대에서 배워온 담배를 피워대는 것을 완이 뭐라고 했더니 동생이 대놓고 제 새끼 앞에서 싫은 소리를 했다. 저도 스트레스를 풀 길 없어 그러는 걸 삼촌이 뭐 하나 보태준 것 없이 나무라기만 한다나 뭐래나. 술, 여자, 도박, 삼종 세트를 장착한 남편과 일찌감치 갈라서서 아들 하나 의지하고 살아온 하나밖에 없는 여동생한테 말 그대로 뭐 하나 보태준 것 없으므로 맘에 안 든다고 더 뭐랄 수도 없어서 통 들여다보지 않았더니 그새 조카놈이 깡패가 되었다.

그래, 용역인지, 깡팬지 일하는 데가 어디라니?

공장인지 뭔지 저도 잘 모르겠대. 하여간 시골 공장 간다고 갔어.

간 김에 차라리 공장이나 다니라 하지.

또, 또, 또……

쓸데없는 소리 말고 할 말 없으면 문자질 그만하라는 거다.

*

일은 도와주지 않고 어디를 처 싸돌아다니느냐는 누나의 잔소리가 듣기 싫어 그만둔 횟집에 오랜만에 들렀더니 노인 손님들이 한가득이다. 누나의 시아버지가 몰고 온 손님들이다. 평상시엔 북에서 왔다고 거들떠도 안 보던 노인이 오늘 따라 사돈총각이라며 반긴다.

"사돈총각, 내가 기분이 좋아 오늘은 한 잔 줌세."

술을 받았더니, 노인들이 우리 귀순용사 앉으라고 서로들 자리를 내준다. 그동안 공산당 치하에서 사느라 얼마나 고생이 많았냐며 손을 덥석 그러쥐는 노인도 있다.

"부모님을 다 여의었다고? 아이고 마침 잘되었네. 우리가 바로 아부지연합이야. 우리가 자네 아부지 노릇을 해줌세."

준은 노인들이 낯설지 않다. 용호가 나오라고 해서 나간 광화문에 바로 지금 이렇게 어깨에 아버지연합 띠를 맨 노인들이 줄을 지어 어딘가로 이동하고 있었다. 노인들 중에는 사돈노인처럼 뒤뚱거리는 걸음을 걷는 노인도 있었다. 휴대폰을 귀에 댄 채 노인들 곁을 지나가던 청년이 피식피식 웃었다. 그 웃는 모습이 고약해 보였는지 한 노인이 청년한테 삿대질을 했다.

"뭘 웃는 거여, 어른을 보고 버르장머리 없이."

젊은이는 아랑곳없이 전화를 한다.

"야, 뭔 꼰대들이 잔뜩 나와서 시위를 한다나 뭐라나, 길 막혀 죽겠는데, 카악!"

"이런 싹아지 없는 놈을 봤나. 어디 어른 앞에서."

"오호이, 빨리 갈게."

꽁지머리 젊은이가 노인의 삿대질을 얄밉게 피하며 훌쩍 길을 건넌다. 준은 용호가 오라는 데로 갔다. 알바 자리라니 일당은 받을 수 있을 것이다. 일당을 받으면 다만 몇 푼이라도 용호한테 갚고 또 돈이 좀 남으면 조카 신발이라도 사줘야지. 용호가 오라는 광화문 네거리에 갔더니 아는 얼굴들이 보였다. 대부분 함경도 사람들이다. 북청 사람, 무산 사람, 종성 사람들. 알바를 할 장소로 이동하면서 마스크를 꺼내 쓰고 모자를 썼다. 준도 용호가 건네준 선글라스를 걸치고 검은 털모자를 푹 눌러썼다. 준으로서는 잘 알지도 못하는 사람이 오늘 재판을 받는다고 했다. 그 사람이 분명 종북좌파이므로 종북좌파는 물러가라는 시위를 북에서 온 사람들이 벌이는 것이라 했다. 준은 더 이상은 알고 싶지도 않았다. 종북좌파가 뭐고 그가 종북좌파라서 왜 북에서 온 사람들이 시위를 해야 하는지 묻지 않고 다만 용호의 이빨값만 생각했다. 부모도 없이, 형제도 없이, 이빨도 없이 사는 용호가 불쌍해서 한 푼이라도 생기면 꼭 쥐어주고 싶었다. 알바를 나온 것은 딱 그 이유뿐이었다.

김장석 동지 투신.

문자는 어둠 속에서 가녀리고도 숨 가빴다. 가슴이 쿵, 내려앉았다. 김장석이 결국 일을 내고 만 모양이었다. 완은 자신이 해야할 일을 김장석이 먼저 해버린 것 같은 기분이 들었다. 아니, 자신이 나가지 않아서 김장석이 일을 저지른 것만 같았다. 김장석은 다리가 부러진 상태로 병원에 누워 있고 해고자들이 병원 앞에서 경찰과 대치하고 있었다. 완이 나타나자 다들 눈물을 글썽이며 환영했다. 고맙다고도 했다. 김장석만 위문하려고 왔던 길이었지만 동료들이 그러니까 더 미안해져서 완도 동료들이 준 머리끈을 묶을 수밖에 없었다. 동료들이 외치는 대로 완도 목소리를 보탰다. 미남과 마신 술기운이 아직도 가시지 않아서인지 목소리가 갈라졌다.

"해고는 살인이다!" "같이 살자!"

해고자들 맞은편으로 한 떼의 노인들이 시위를 하며 지나갔다.

"종북좌파 척결하자!" "자유민주주의 수호하자!"

같이 살자는 해고자들과 척결하자는 노인들의 소리가 뒤엉겨 아연 거리는 자유민주주의가 활짝 피어나는 활기를 띤 것 같이도 여겨졌다.

‘밭가운데 카페’로 갈까, 하다가 그만두고 완은 편의점에서 산 캔커피를 들고 공원으로 갔다. 경찰들과 회사에서 동원한 용역들과의 몸싸움 탓에 몸은 너덜너덜 찢어진 걸레쪽 같았다. 용역들과 싸울 때 문득 조카가 생각났다. 그것은 말하자면 조카와 삼촌이 싸우는 꼴이었다. 조카는 사실 착한 구석이 아예 없지도 않았다. 언젠가 저 돈 벌었다고 삼겹살을 사 와서는 맛있게 먹고 힘내서 또 취직자리 알아보시라고 한 적도 있었다. 텔레파시가 통했던 것일까. 완이 저를 생각했던 것을 어찌 알았는지 조카에게서 또로록 문자가 왔다.

“삼촌, 걱정 끼쳐서 지송! 모든 일이 잘 해결된 기념으로다 낼쯤 삼겹살 파리 어뗘유?”

모든 사투리는 다 충청도풍으로 쓰는 줄 아는 조카의 어뗘유, 소리가 오늘따라 아주 싫은 것은 너무 피곤해서일 것이다. 파티를 파리라고 한다는 것쯤 알지만 모른 척하고 싶었다. 너무 피로해서인지 ‘밭가운데 카페’의 그녀도 생각나지 않았다. 그녀는 그러니까 생의 의욕이 조금이라도 남아 있을 때 생각나는 것 같았다. 온몸은 누더기처럼 늘어지고 삶의 의욕은 개나 물어가라 할 판인데, 그래서 그녀조차도 생각나지 않는데 느닷없이 하천공사가 떠올랐다. 하천공사가 무슨 공사인지를 알려주는 현수막을 그자들이 달았는지 달지 않았는지가. 남동생의 전화가 두어 번 왔지만 받지 않았다. 그사이에 순길에게서 재차 빚 상환 독촉 문자가 왔다. 이 번에는 숫제 제발 제 어머니 좀 살려 달라고 애원하고 있었다. 비가 오기 시작했다. 그래서인지 공원엔 사람이 아무도 없었다. 아무도 없는 줄 알았는데 숲속에서 인기척이 났다. 한 남자가 소변을 보고 비틀거리며 이쪽으로 다가왔다. 꼭이 그 자가 두려워서라기보다, 자기에게는 하천공사 현수막 건이 더 '급한 볼일'이어서 그만 일어서려는데 남자가 문득,

"첨으로 한번 물어봅시다" 말을 붙여온다.

"뭘요?"

"첨으로 물어보는데, 여기는 진실로 다르지 않습네까?"

남자는 취객이 분명했다. 완은 주저 없이 자리를 떴다.

준은 자신도 어디서 샀는지 모를 소주병을 목구멍 깊숙이 밀어 넣었다.

"진실로 다를 줄 알고 왔단 말임. 다르지 않은 줄 진작에 알았으면 내 목숨 걸고 오지도 않았단 말임. 크허억."

준은 취한 정신에도 사람이 앉는 의자 위로 토하면 안 된다는 생각으로 고개를 바짓가랑이 사이로 깊숙이 묻었다. 그러느라고 그만 제 토사물에 코를 처박고 말았다. 토사물에 코는 처박았어도

오늘 시위에는 잘 나갔다는 생각이 들었다. 용호한테 충분하진 않겠지만 이빨 해넣으라고 돈도 좀 줄 수 있었고 술도 사줄 수 있었지 않은가. 그런데도 왜 자꾸 눈물이 나는지 모르겠다고 준은 생각했다. 필시 토악질 때문일 것이라고 극구 자위하면서 준은 토악질이 다 끝났는데도 자꾸 헛구역질을 했다.

남자의 토악질 소리가 왠지 통곡 소리처럼 느껴져 완은 건널목 앞에서 공원 쪽을 한번 뒤돌아보았다. 세상에 진실로 다른 곳은 어디에 있을까를 잠깐 생각하면서. '밭가운데 카페'의 불은 꺼졌고 빗발은 점점 거세졌다.

작가의 말

✳ ✳ ✳ ✳

공선옥

몇 해 전, 경기도 마석에서 살았다. 서울에서 춘천으로 가는 길목에 있는 작은 신도시이나 그렇다고 옛날 풍경을 완전히 잃은 곳도 아니다. 닷새마다 꽤 풍성한 장이 서고 거대한 아파트 단지들이 산재한 어느 구석진 땅들엔 어김없이 옥수수, 고추 같은 것들이 하늘거리고 있는 곳이다. 말하자면 이제 막 조성되기 시작한 도시 풍광의 스산함과 전통 소읍의 풍광이 혼합된, 독특한 장소였다. 또 근처에는 '마석가구공단'이 있어 외국인 노동자도 많았다. 도시이면서 농촌이기도 하고 소읍이면서 공단지대이기도 한 마석은 원래의 마석 사람들, 외국인 노동자, 거주 비용이 비싼 서울에서 이주해온 사람들이 함께 어우러져 살았다. 그렇게 서울에서 이주해온 사람들 중에는 원래의 서울 사람들보다는 고향을 떠나 일차로 서울로 이주했다가 '밀려난' 사람들도 있었다. 그들을 그냥 '전국 팔도' 사람들이라고 해도 무방할 것 같다. 전라도, 경상도, 충청도, 강원도 사람들. 그리고 북에서 남으로 온 사람들.

그곳에서 우연히 함경도 사람을 만났다. 마석이, 새로운 정착지가 낯설면서도 정붙이고 살아야 할 곳이라는 점은 전라도 사람이나 함경도 사람이나 마찬가지일 터였다. 그렇게 고향을 떠나온 사람들에게

이 세상은 정붙이고 살아가기에는 너무나 무정한 곳이고 그렇다고 어디로 또 떠나기도 어려운 곳. 세상 어디를 가야 그들이 꿈꾸는 정붙이고 살만한 곳이 있을까. 이 글은 그곳이 비록 낯선 곳일지라도, 그 모든 악조건에도 불구하고 기를 쓰고 '정'을 한번 붙여 살고 싶어 하는 사람들에 관한 이야기다.

옥미의 여름

김태용

따라서 여기서 만난 이가 진짜 누구인지는 아무도 모를 일이다
-크리스 마르케

옥미와 나는 평양 대동강변의 미래과학자거리를 걷고 있다. 머릿속으로 글을 쓰면서. 글을 쓰면서. 김책종합공업대학 교육자 아파트에 살고 있는 리현심 박사를 만나러 가는 길이다. 이전부터 걸어 보고 싶었던 거리였다. 두 차례의 평양 방문이 있었지만 빠듯한 일정에 어리둥절해하며 시간을 보내고 말았는데, 이번에는 청와대 상시 출입기자인 선배가 평양지국 미디어센터 총괄본부장에게 부탁해 다소 여유로운 일정을 잡은 것이다. 마침 본부장 지인인 예약자의 갑작스러운 취소로 류경호텔의 중급 비즈니스룸에서 하룻밤을 보내게 된 것도 뜻밖의 행운이었다.

30년이 넘게 공사와 중단을 반복하면서 세계적인 흉물과 과욕을 부린 사회주의 최후의 뿔로 남아 있던 류경호텔은 대북 경제 제재 완화의 영향으로 미국 비트코인 기업 BitSimpsons의 시설 투자와 스위스 모듈러 퍼니처modular furniture 회사 USM의 내부 인테리어 지원으로 2020년 전체 개장한 뒤로 특유의 위용을 뽐내며 그동안의 흉문과 오명을 씻고 있다. 눈으로만 보던 거대한 삼각탑 호텔 속으로 발을 들이는 순간 SF 영화의 한 장면으로 빨려 들어가 마치 내 몸이 하나의 소립자나 픽셀이 된 것만 같았다. 먼지파동에 이리저리 흔들리다가 또 다른 소립자와 픽셀과 충돌 분열해 새로운 형태와 속성의 총천연색 물질이 될지도 모른다. 물론 그 물질은 눈으로 확인할 수 없지만 말이다.

평양 시내가 한눈에 내다보이는 1091호의 USM 프리츠 할러Fritz Haller가 설계한 크롬모듈 의자에 앉아 있으니 이대로 호텔이 통째로 발사되어 우주로 날아갈지도 모른다는 우스운 생각도 들었다. 화장실 옆에 캡슐 모양의 일인용 전자담배 전용 E-Cig룸이 있고, 柳京류경이라는 빨간 라벨이 붙어 있는 장식용 호텔 미니어처 재떨이는 훔치고 싶을 정도의 잇 아이템이었다.

외관과 내부 시설에 대한 경이로움과 달리 멜라토닌을 먹고 푸시업과 스쿼트로 몸을 혹사 시킨 뒤에야 새벽 3시를 넘겨 겨우 눈을 붙일 수 있었다. 보통 새벽 2시까지 연구와 공부를 하는 옥미에게 전화라도 하고 싶었지만 평양에 도착하고 나서는 내일 만날 약속을 확인하는 문자 외에는 더 이상 연락을 하지 않았다. 물리적 거리가 가까워지면 소통 매체를 통한 연락이 줄어드는 인간사의 심리가 반영된 것인지도 모른다.

꿈인지 각성인지 모를 상태에서 어디선가 금속판 위로 물방울 떨어지는 소리가 계속 들려왔다. 물방울의 가장 예민한 부위는 금속을 그대로 통과해 다른 차원으로 스며들지도 몰랐다. 평화협정 이후 제한적 도시 개방과 선군정치에서 선당정치로 체제 시스템이 완전히 바뀌었고 자유시장경제가 활성화되었지만 여전히 이곳은 누군가에게 폐쇄적이고 두려운 장소일 것이다. 잠자리가 달라지면 쉬이 잠을 이루지 못하는 내 몸의 자연 리듬과도 무관하지 않을 것이다.

류경호텔의 101층 전망대나 지하 카지노 내실에 비밀 야합 장소가 있거나, 김일성 장군과 김정일 국방위원장, 김정은 국무위원장의 생일과 같은 번호인 415호, 216호, 108호는 삼각형의 꼭짓점을 이루면서 전체 시스템을 제어하는 메인 서버 공간인지도 모른다는 일렉트로닉 아수라 영상들이 머릿속에 그려지는 것을 제어하기는 쉽지 않았다. 그곳은 상상 초월의 데이터가 카테고리별로 코드화되어 있고, 인간의 가청 음역대를 넘나드는 초자연 주파수들이 혼재되어 있는 주체적 토포스모듈포지션TopooModulePosition인지도 모른다.

　망상의 거위털 이불을 몸에 돌돌 만 채 늦잠을 자고 일어났다. 나와 비슷한 밤을 보냈을 것 같은 얼굴들과 호텔의 마지막 타임 조식을 먹은 뒤 혼자 레스토랑 테라스 정원으로 나가 써니체어에 앉았다. 머릿속과 피부의 먼지를 태우고 있을 때 과일 바구니를 든 호텔 종업원이 건네는 사과를 한 입 깨물고 나서야 지난 밤에 펼쳐진 환몽의 거미줄을 어느 정도 걷어낼 수 있었다. 호텔에서 마련한 의례적인 서비스겠지만 아주 잠시나마 환대를 받고 호사를 누리고 있는 것만 같았다. "껍질째 드시는 거랍니다. 황해도 해주 사과가 으뜸입니다"라고 말하는 종업원의 말처럼 이전에 먹어본 사과와는 묘하게 다른 맛과 식감이었다. 이후 일정에 대한 어떤 기대감 때문인지 모르겠지만 부드럽게 씹히는 단맛이 혀에 감겼다. 미취학 아동 시절 입맛이 없으면 엄마가 사과의 윗동을 잘라 티스푼으로 조금씩 퍼서 내 입에 넣어주던 사과밥 맛과 비슷해 제주도에 있는 엄마에게 문자를 보내려다가 그만두었다. 여전히 걱정과 우려 속에서 내가 평양을 드나드는 것을 못마땅해하고 있었다.

상트페테르부르크에 있는 국립러시아박물관에서 구입한 말레비치Kazimir Severinovich Malevich의 〈날으는 비행기Aeroplane Flying〉 셔츠에 청바지, 나이키 러닝화로 갈아 신고 가벼운 마음으로 나왔다. 어제와 마찬가지로 이마를 드러낸 쪽진 머리와 흰 양복적삼에 검정색 잔주름 치마를 입은 안내자가 호텔 로비에서 나를 기다리고 있었다. 40대 중반에서 50대 초반 사이의 나이로 짐작할 수 있었지만, 생각보다 더 젊을지도 몰랐다. 내가 인사를 하자 손목에 찬 노동당 시계와 로비의 커다란 삼각뿔 모양 시계를 번갈아 쳐다보았다. 안내자의 굳은 시선을 외면하기 위해 들릴 듯 말 듯 혼잣말로 중얼거렸다. 신경질적으로 비만한 삼각형.

〈신경질적으로비만한삼각형〉이란 이상李箱의 시 제목을 떠올린 것이다. 대학 시절 영상문학동아리에서 그 시 제목으로 단편영화를 만든 적이 있다. 장르는 아포칼립스 SF 코믹물. 엄마 삼각형의 핀잔을 듣고 트라이앵글 별을 떠나 지구에 도착한 삼각형 외계인 아이가 지구에 있는 모든 삼각형을 흡입한다는 이야기였다. '하지만나의생애는원색과같이풍부하도다.' 급속도로 노화가 되고 신경질적으로 비만해진 삼각형은 마지막 삼각형을 보고 이상 시를 인용해 말한 뒤 지구와 함께 폭발한다. 그 당시 류경호텔을 알고 있었다면 분명 일루미나티 삼각형이 아닌 류경호텔을 지구 최후의 삼각형이라고 보여 주었거나 삼각형 외계인의 지구 기지쯤으로 만들었을 것이다.

류경호텔 근처의 건설역에서 지하철을 타고 평양역에서 내려 역전거리를 따라 미래과학자거리 쪽으로 내려가는 동안에도 검은 낯빛의 안내자는 어제처럼 별다른 말이 없었다.

"류경호텔 잠자리는 어떻게 좋습디까?"

"양각도 평양국제영화회관에서 열리는 제1회 아리랑국제영화제에서 나운규와 문예봉이 입체 홀로그램으로 등장해 백두호랑 이상을 발표한다는 것을 알고 계십니까?"

이런 말까지는 바라지도 않았지만 안내자는 갱핏한 얼굴에 입을 닫고 최소의 말과 행동 외에는 하지 않는다.

'갱핏하다'는 까무잡잡하게 메마른 모습이라는 북한 말이다. 2018년 4·27 남북정상회담을 기점으로 급물살을 탄 남북 화해 분위기 속에서 우여곡절 끝에 북미 회담이 성공하고 남·북·미가 수차례 만나 종전 선언과 평화협정에 합의했고, 제한적이지만 경제 교류가 활성화되었다. 식당과 노래방, 숙박시설을 갖춘 〈만남의 장소, 산솔〉이 판문점 도보 다리 옆에 세워져 간단한 서류 절차를 밟아 이산가족과 탈북자·월북자 가족이 만날 수 있었고, 남·북한 사람들이 어렵지 않게 전화와 영상통화를 할 수도 있게 되었다.

작년부터 대학 입시에서는 '북한 역사'가 선택 과목으로 지정되었다. 방송국에서도 북한의 정치·문화와 생활과 관련된 프로그램이 지속적으로 제작·편성되었고, 《평양 일주일 살기》 같은 프로그램의 공개 모집에도 상당히 많은 사람들이 몰렸다. 스포츠인과 예술가, 연예인의 교류도 활발해졌고, 아직 뛰어난 작품은 나오지 않았지만 남북 합작 영화도 심심치 않게 볼 수 있었다. 신문사 일에 치이면서도 언젠가 북한을 배경으로 과학 환상 소설을 쓰고 싶은 나는 나대로 틈틈이 북한 말을 배우고 자료를 모으고 있었다.

주체사상과 종자론種子論을 바탕에 두고 설계되었겠지만 모던하고 미래지향적인 평양 시내의 건축물을 직접 보고, 양자재료금속 연구를 하는 옥미와 대화를 할 때마다 나의 과학적이고 문학적인 상상력 수치가 올라가고 있었다. 심지어 지금 내 앞의 안내자까지 동식물계가 교란된 초자연과학 소설에 등장하는 인물처럼 여겨진다. 옷을 벗으면 플라즈마를 발산하는 무지개 털로 뒤덮인 의외로 귀여운 동물의 몸일지도 모른다. 물론 우울한 귀여움일 것이다. 검은 낯빛 속에 숨길 수 없는 우울함이 퍼져 있는 것을 느끼는 것은 나만의 감각은 아닐 것이다.

안내자가 신은 검은 구두 뒤축이 닳았는지 걸을 때마다 바닥을 끄는 소리가 들린다.

미래과학자거리에 다다르자 옥미가 웃으며 손을 흔들고 있었다. 옥미 역시 가벼운 차림이었다. 민트색 셔츠에 남색 칠부 통바지, 그리고 흰색 아디다스 운동화를 신고 있다. 왼쪽 어깨에는 작년 평양에서 열린 국제수학자대회 필즈상 에코백이 걸려 있다.

옥미와 내가 서로 손을 잡고 반갑게 인사를 나누는 틈을 깨고 안내자가 옥미에게 몇 가지 지시 사항을 형식적으로 당부한 뒤 사라졌다.

"함께 자유주의 하지 마시오."

개인 행동에 대한 주의를 어김없이 강조했다. 하지만 말투에는 의미가 결여되어 있었다. 굽이 닳은 구두로 땅을 질질 끌며 걸어가는 안내자를 눈으로 잠시 좇았다. 착각의 시선 속에서 안내자의 엉덩이에 달린 무지개색 꼬리가 우울하게 흔들리고 있었다.

"여기에도 우울증을 앓는 사람이 많나요?"

"어릴 적 슬픔병은 미제자본주의의 질병이라고 배웠어요. 이제 우리도 자본주의 옷을 벗을 수 없으니 슬픔병에 대한 연구가 활발해지고 있습니다. 작년 과학기술전당 〈11차원 과학 세계 심포지엄〉에서는 '암흑물질과 슬픔병'이라는 주제로 연구자들의 발표가 있기도 했지요. 당이 규정한 슬픔병에 대한 아다먹기식 고집들이 아직 있어 많은 논란이 있었습니다. 오래전부터 슬픔병 약이 많이 팔리고도 있습니다. 자본주의의 피로감에 더해 여전히 경제에 허덕이고, 수심 가득한 얼굴로 고난의 행군 중인 사람들이 많지요. 이제 당의 안내자도 없어질 알직업입니다."

나도 모르게 튀어나온 즉흥적인 질문에 옥미가 생각보다 구체적이고 똑 부러지게 대답해 놀라웠다. 몇 년 전 슬픔병이라는 말을 처음 들었을 때는 그 추상적인 표현에 피식 웃고 말았었다. 우울과 슬픔은 전혀 다르다고 생각했는데 이제 그 말의 경계가 모호해진 것만 같다.

스카이프로 대화를 할 때 결혼 이야기가 나오자 대충 얼버무렸던 기억이 났다. "그럼 갔다 왔습니까? 난 안 갈 겁니다."라는 옥미의 단호한 말에 나는 미소를 지을 뿐이었다. 사회생활에는 별 문제가 없다고 생각했지만 타고난 예민함과 우울함이 내 안에도 잠재되어 있었다. 이른 나이의 결혼과 두 번의 유산, 그리고 이혼으로 인해 삼 년 전 신문사에 휴직서를 내고 신경정신과에서 상담과 약물 치료를 받을 정도로 우울증이 심해졌고, 한국을 떠나 세 달 동안 유럽을 떠돌아다니기도 했다. 지금도 그 후유증이 주기적으로 찾아와 문득문득 조울 상태, 말 그대로 기쁨슬픔의 시간에 빠지곤 한다. 여름이라는 나의 이름이 무색할 정도로 긴 겨울이었다. 대학 시절 꿈이었던 소설을 쓰려는 것도 그런 감정 상태의 영향에서 많은 부분 비롯되었다고 할 수 있다. 내 마음에 휘몰아치는 회색 눈보라를 어느 정도 받아들인 뒤 신문사로 복귀해 이전부터 일하고 싶었던 과학지식부로 옮겨 과학 기사를 쓰면서 조금씩 삶의 리듬을 되찾아 가고 있다. 결정적인 것은 신문사의 북한 과학자 인터뷰 연재를 위해 평양을 방문하게 된 것이다. 옥미와는 얼굴을 보기 전에 전화와 메신저, 스카이프를 통해 연락을 하고 평양에 두 번째로 방문했을 때 짧게나마 만났었다. 스물여덟 살로 나보다 다섯 살이 어리지만 친구 같고 언니 같은 옥미를 알게 된 것도 내 삶의 터닝포인트로 훗날 기록될 것이다. 옥미가 어떤 사람인지 더 겪어 봐야 하고, 우리의 만남이 상대방에 대한 불신으로 멀어져 영원한 타인으로 되돌아가더라도 지금은 옥미와의 아슬아슬한 거리가 오히려 친밀감을 불러오고 기분을 상승시키고 있다. 새리새리한 기분에 기쁨슬픔의 두 다리를 맡겨도 좋다.

오늘은 2023년 6월 12일. 기온은 높지만 햇살이 피부에 적합한 온도와 자외선 지수를 발산하고 더 먼 곳으로부터 엷은 가능바람이 불어온다. 옥미와 내가 동시에 꺼내 비교해본 휴대폰의 실시간 대기 환경 측정 앱의 자외선 지수는 5.41과 5.47이다. 나는 남한 표준 앱을, 옥미는 연구소 과학자들이 공유하는 앱을 쓰고 있다. 오차는 0.06에 불과하다. 평양역 앞 전광판에서 본 자외선 지수는 5.23이었다. 우리는 서로의 휴대폰을 비교해 보며 미소를 지었다. 무엇보다 우리를 기분 좋게 한 것은 41과 47이라는 숫자 때문이다. 소수점을 빼도 541과 547이었다. 모두 소수 아니, 홀로수였다.

직접 얼굴을 보기 전 두 번째로 스카이프로 이야기를 나누다가 옥미가 '고여름 기자님은 소수를 좋아합니까?'라고 대뜸 물어보았다. 무슨 말인지 몰라 의아한 표정을 짓고 있는 나에게 옥미는 손가락으로 화면 속의 나와 배경을 가리키며 말해 주었다.

"옷걸개에 걸린 갈음옷은 다섯 개. 가시대에 보이는 그릇은 세 개. 벽에 걸린 《신나는 땅나라의 앨리스》의 하양 토끼 거꾸로시계는 열한 시 사십일 분. 그리고 고 기자님 맨낯짝의 점은 일곱 개. 5. 3. 11. 41. 7. 모두 소수이지요. 다 합하면 67. 그것도 소수이지요. 나는 소수를 좋아합니다. 인민학교 다닐 때 선생님이 소수는 홀로수라고 말해 주었지요. 홀로수. 외롭지만 엄청난 에네르기를 가진 강한 수라고 생각했습니다. 고난의 행군 시절이어서 어머니와 아버지는 집 안의 물건들과 나물과 버섯을 따 들고 장마당으로 나갔지요. 나는 어둡고 눅눅한 집 안에 홀로 남아 홀로수를 세곤 했습니다. 홀로수. 그 말이 좋아 지금까지 숫자를 세고 따져 보는 버릇이 있습니다. 물리학부에 다닐 때는 리만의 수수께끼를 풀어 보려고 머리통을 쥐어짜기도 했지요. 집과 연구소의 물건들도 소수로 갖춰 놓았어요. 내 책상의 책들은 언제나 소수로 남겨두지요. 자, 보세요. 고 기자님도 소수를 좋아합니까?"

그 말을 듣자 옥미와 내가 풀리지 않은 소수의 비밀처럼 눈으로 볼 수는 없지만 전류가 흐르는 수만 가닥의 끈으로 연결되어 있다는 생각이 들어 손이 닿지 않는 어딘가가 스멀스멀 간지러웠다. 그것은 거울뉴런 속의 아주 가느다랗고 질량이 0에 가까운 마음물질 코어이자 코드일 것이다.

나 역시 어릴 적 외할아버지와 함께 소수를 만들어 보는 놀이를 했던 기억이 있었다. 아마 199나 211, 어쩌면 311 언저리까지 만들어 보았을지도 모른다. 엄마의 말을 확인할 수는 없지만 뛰어난 수학자였던 외할아버지는 1970년대 후반 박정희 대통령 직속의 국방과학연구소에서 핵개발 연구원으로 일하다가 불미스러운 사건으로 고초를 겪고 난 뒤 도망치듯 고향인 제주도로 내려갔다. 1980년대 말 서울로 다시 올라와 노량진에서 수학 선생을 했다고 한다. 외할아버지의 기대와 달리 중학교 이후 나는 수포자의 길을 가게 되었지만 소수의 난제인 리만 가설과 컴퓨터 아스키코드의 전자 암호들이 소수로 이루어졌다는 것을 알게 되었을 때쯤 소수와 돌아가신 외할아버지를 다시 떠올렸을 것이다. 옥미에게는 "나도 이제 다시 소수, 아니 홀로수를 좋아해 볼게요"라고 말했다. 그날 이후 홀로수가 인간의 기쁨슬픔병의 비밀을 풀 수 있는 암호가 아닐까 하는 수학적이고 망상적인 회의에 빠지고, 홀로수에 대한 옥미와 나의 귀여운 집착이 시작된 것이다. 스카이프 화면을 통해 옥미의 책과 물건들을 가늠해 보고, 처음 만났을 때 평양 거리를 달리는 차량 번호를 더해 따져 보기도 하고, 간판이나 데이터들의 숫자가 홀로수인지 아닌지 수시로 확인하곤 했다.

내가 처음으로 쓰게 될 소설에 소수의 번호를 붙여 장 구분을 해야겠다는 아이디어를 얻은 것도 옥미의 소수 사랑과 외할아버지에 대한 기억에서 비롯된 것이다. 2장, 3장, 5장, 7장, 11장, 13장. 이 정도면 충분하지 않을까. 아니 어쩌면 무한히 늘어나는 소수처럼 이야기는 끝이 없을지도 모른다. 아직 2장도 시작하지 않았지만 말이다.

월요일 낮인데도 대동강변에 사람들이 나와 산책을 하고 운동을 하는 모습이 심심치 않게 보였다. 학교에 있어야 할 학생들까지 눈에 들어와 옥미에게 물어봤다.

"학교에 안 가는 아이들이 많습니까?"

"한 달에 한 번씩 쉬는 학교들이 늘어나고 있습니다. 자율 교육에 큰 생각을 가지신 위원장 동지의 뜻을 받은 학교들이지요. 나 때는 상상도 못할 일이지요."

반려견을 데리고 나온 사람들도 눈에 띄었다. 강아지들을 볼 때마다 옥미는 '옥돌아!' 하고 불렀다. 물어보지 않아도 옥돌이는 옥미가 키우던 강아지일 것이다. 자신이 키우던 반려동물이 죽으면 한동안 비슷한 동물을 볼 때마다 그 이름을 부르는 것은 모든 집사들의 공통점일 것이다. 옥미는 연구소 아파트에서 동물을 키울 수 없어 아쉬워하면서도 동물과의 교감에 대한 과학적 연구가 우리 마음의 비밀을 풀 수 있을 거라 말했고 나 역시 공감했다. 어쩌면 아주 오래전 동물과 인간은 제3의 언어로 자유롭게 소통하고 있었는지도 모른다고. 그 언어의 내력이 남아 있는 것이 동물을 부르고 어르고 달래는 혀의 굴림과 마찰 소리라고.

　실제로 인공생물학에서는 인간과 동물들의 성대 기관과 구강 구조 비교, 발음과 몸짓의 기호화, 아프리카와 동남아 지역에 남아 있는 소수 민족의 클릭음^{click language}에 반응하는 동물의 코 찡긋하기와 귀 접기와 혀 내밀기, 벌들의 비행경로를 의도적으로 바꿀 때 변하는 대기 환경과 실험실의 나비가 흔드는 날개의 진동수에 따른 사람들의 마이크로 맥박 리듬 변화 등의 데이터를 동·식물·자연계의 교감 언어로 분석·연구하고 있다. 인공 와우를 삽입한 청각장애 아동들이 아마존 검은산호초물고기의 소리흡수 주파수와 일치되는 언어코드 학습 능력을 갖고 있다는 독일 막스플랑크 뇌과학연구소의 발표도 있었다.

　나의 감각을 감싸고 도는 자연계와 인공계의 소리를 따라 머릿속으로 글을 쓰면서. 글을 쓰면서. 걷고 있다. 대동강변의 강폭은 한강과 비슷하지만 도로에서의 인접성과 설계와 조경을 보면 한

강보다는 파리 센 강을 떠올리게 한다.

삼 년 전, 당시의 시공간을 도저히 견딜 수 없어 신경정신과에서 처방 받은 항우울제를 챙겨 무작정 한국을 떠났었다. 포르투갈과 오스트리아를 거쳐 프랑스로 갔다. 프랑스 리옹대학교에서 한국 문화를 가르치고 있는 지은 선배를 찾아갔다. 대학 시절 제일 친했던 지은 선배를 만나 신변과 농담, 국내외 정치와 영화에 대한 이야기를 나눈 것을 제외하면 남은 시간은 반벙어리 이방인이 되어 돌아다녔다. 이렇게 몇 년을 살다가 완전히 다른 사람으로 바뀌어 영영 사라져도 좋겠다는 우울한 상념에 사로잡혀 있던 어느 날, 황혼이 질 무렵 파리 센 강을 거닐다가 울음이 터져 나왔고, 그 울음의 잔여물이 내 안에 남아 가방에 샌드위치와 볼빅 탄산수를 넣고 센 강 거리를 계속 걸어 다니게 되었다. 한 달 가까이 그렇게 센 강에서 울고 다니는 여자로 살다가 너무나 신비롭게 생긴 집시 여자에게 홀려 지갑을 도둑맞자 이상하게 내 안의 울음이 잦아들었고, 며칠 뒤 뤽상부르 공원의 아무렇게나 놓인 의자에 앉아 빛으로 가득한 오수의 시간을 가진 뒤에야 다시 서울로 돌아올 수 있었다.

대동강변에도 황혼이 지면 어김없이 나타나 울고 다니는 사람이 있을까. 머리를 풀고 무지개색 양말을 신은 안내자가 '자유주의, 자유주의, 자유주의, 자유주의, 자유주의, 하지 마시오, 하지

마시오, 하지 마시오, 자유주의, 하시오, 하시오, 하지 마시오, 하
시오, 하지 마시오, 하시오, 하지 마시오, 하시오, 하시오, 하시오,
자유주의, 자유주의, 하시오, 자유주의 하시오'라고 억눌린 슬픔으
로 꽉 찬 말을 중얼거리며 걸어 다닐지도 모른다.

문득문득 떠오르는 어두운 기억 저편에서 흔들리는 푸른 촉수
의 언어들이 망상의 이미지를 그려 보이며 나를 멈추게 하고 다시
나아가게 한다. 동물에게도 망상의 언어가 있다면 그 언어는 인간
과 마찬가지로 기쁨슬픔의 자기장에서 발산되는 플라즈마의 겹
을 갖고 있을 것이다.

입꼬리가 올라간 침묵 속에서 옥미와 함께 걸어가고 있다. 서
로의 다리가 정박자와 엇박자를 만들며 앞으로 나아간다. 가끔 둘
의 팔이 닿는다. 미세한 정전기가 일어난다. 몇 겹의 열풍이 강바
람에 섞여 불어온다. 목이 마르다. 가방에서 금강산 샘물을 꺼내
한 모금 마신다. 옥미의 머리카락이 흔들린다. 초록색 살구나뭇잎
한 장이 공기의 입자에 출렁이며 떨어지고 있다. 멜끈바지를 입은
여자아이가 엄마 손을 꼭 쥐고 얼음과자 까까오를 먹으며 걸어간
다. 여름이 온 것이다. 뜨겁지만 부드러운 공기를 흡입한 뒤 옥미
가 나의 말을 받아줄 거란 생각으로 입을 열었다.

"여름입니까?"

"여름입니다"

"여름이군요."

"여름 여름 여름이 왔습니다."

"옥미의 여름이 왔습니다."

"여름 언니, 질문은 준비하셨습니까?"

언니라는 옥미의 말에 이상하게 얼굴이 화끈거리고 아랫배가 뜨듯해졌다. 아침에 먹었던 해주 사과를 한 입 베어 물고 싶었다. 질문은 준비되었다. 나는 옥미를 향해 가볍게 고개를 끄덕였다. 하지만 질문을 할 수 있을까. 내가 질문을 해도 답을 얻을 수 있을까. 심도 깊은 인터뷰를 기대하기는 힘들 것이다. 리현심 박사를 만나는 것만으로도 사심이 반영된 나의 목적에 만족해야 한다. 비밀 속에 있는 리현심 박사를 직접 만나는 것은 과학 분야 기자들뿐만 아니라 정치·사회부 기자들 사이에서도 부러워하는 일이었다.

리현심 박사는 김일성종합대학 물리학부에서 북한 핵물리학의 아버지로 불리는 도상록 교수 지도 아래 공부를 한 뒤 대학 전체 수석으로 졸업했다. '작은 퀴리'라고 불리며 삼십 년 전 전류를 제어할 수 있는 특수합금을 개발해 유색금속재료공학 분야에서 일가를 이루었다. 열악한 환경 속에서 개발한 특수합금은 컴퓨터 하드디스크 제조와 우주 발사체 기술, 나아가 초전도 기술 발전의 문을 열어 주었고 여러 분야에서 상용화되어 과학자를 우대하는 북한의 정책에 따라 김정일 국방위원장 훈장을 받고 인민 과학자가 되었다.

타고난 천재들이 간혹 가지고 있는 특이점인지는 모르겠지만 일체의 사교 활동은 하지 않고 평생 혼자 살면서 김책종합공업대학에서 후학을 양성하고 연구에만 매달렸다. 공식적으로 학교를 떠난 뒤로는 외부에 모습을 거의 드러내지 않았다. 연구소의 자문 요청과 과학 행사 초청도 거절했다. 과학과 공학 분야에서 한 자리를 차지하고 있는 제자들의 배려와 염려에도 별다른 반응을 보이지 않았다. 핵개발을 과격하게 주장하는 강성 군인들과 당 간부들의 부름에도 리현심 박사는 정중히 때로는 단호하게 거절했다. 국가 명절인 3·8 부녀자의 날에 국가과학원에서 보내오는 꽃다발과 선물에 대한 답을 편지로 보낼 뿐이다. 편지 내용은 항상 같았다고 한다.

'감사합니다. 과학의 발전으로 민족의 평화와 인민의 행복을 기원합니다.'

은둔자의 삶 탓인지 근거를 알 수 없는 소문이 돌기도 했다고 한다. 오래전 룡림탄광의 특수합금연구소에서 전기접점 실험을 할 당시 쇳물이 튀어 경추 부위에 손상을 입었고, 당시 35시간 이상의 대수술 끝에 의식을 회복했지만 나이가 들어 후유증이 생겨

근육 마비와 흉측한 피부병에 걸렸다는 말들은 러브크래프트^{Howard} Pillips Lovecraft의 심령과학소설에 나올법한 이야기였다. 매일 계란랭채와 보리마죽으로 식사를 한 뒤에는 접시를 던져 깨버리고 이상한 신비주의에 빠져 헛소리를 하거나 고양이 흉내를 내고, 심지어 책을 갉아 먹는다는 소문이 돌기도 했다. 소문의 사실 여부를 떠나 집안일을 도와주는 아주머니들이 여러 번 바뀐 것은 사실이었고, 현재로서는 유일하게 옥미만이 리현심 박사의 집을 드나들고 있었다. 아닌 게 아니라 최근에는 치매 초기 증상을 보이고, 말을 하면 입에서 종이 타는 냄새가 난다며 거의 입을 다물고 있다고 옥미는 말했다.

처음 인터뷰를 요청했을 때도 계속 거절 의사를 밝히고 이후에는 아예 답이 없었다. 반드시 성사시켜 보라는 편집국장과 주변에서의 응원도 있고, 개인적으로도 꼭 만나고 싶어 수소문 끝에 김영직사범대학의 과학철학 교수의 연결로 리현심 박사의 마지막 제자이자 무슨 연유인지는 모르나 수양딸처럼 지내고 있다는 옥미를 소개 받을 수 있었다. 옥미를 알고 나서도 한참 동안 설득의 시간이 있었지만 리현심 박사는 완강했고, 결국 서면 인터뷰를 할 수밖에 없었지만 그마저도 쉽지 않아 보였다. 그러던 차에 옥미와 스카이프로 이야기를 나누다가 직접 인터뷰를 할 수 있는 계기가 마련된 것이다.

살아가면서 앞으로 이런 우연을 얼마나 더 겪을 수 있을지 모르겠다. 이런 때 신이 있다고 해야 하는 게 맞는 걸까. 신들의 주사위 놀이에 영문도 모른 채 초대되어 주사위를 한 번 던질 기회가 생긴 것인가. 손바닥을 비비며 간절히 기도를 드리면 소원을 들어준다는 옛 조상들의 풍습이 떠올랐다. 손바닥의 마찰력이 서서히 자기장을 일으키고 자기장의 파형이 시그널을 만들어 누군가의 마음물질을 움직이게 한 것일까. 아니면 거울뉴런 효과가 시공간을 넘어 옥미와 나 사이의 사물들을 재배치한 것일까. 어쩌면 유령이 된 죽은 자들의 초자연적 힘일지도 모른다. 잠시나마 유사 과학의 사변적 논리를 빌려서라도 유령의 존재를 믿고 싶은 마음이 절실했다. 그 유령의 이름은 크리스 마르케^{Chris Marker}다. 아니 유령은 크리스 마르케뿐만이 아니다. 옥미가 다니던 인민학교의 홀로수 선생, 리현심 박사의 스승인 도상록 교수 그리고 나의 외할아버지가 유령의 소수 코드를 재조합해 세계의 질서를 살짝 변하게 만든 것이다. 신들의, 아니 유령들의 주사위가 머릿속에서 계속 굴러다니며 숫자를 바꾼다. 5. 2. 3. 이제 내가 주사위를 던질 차례다.

스카이프를 통해 보이는 내 책장을 가리키며 옥미가 말했다.

"저 책을 꺼내 보시지요. 네, 그거요. 맞습니다. 그 책입니다. 나의 눈이 맞았습니다.”

옥미의 말에 따라 북한 관련 책들 위에 올려 놓은 크리스 마르케의 사진집 《북녘 사람들》을 꺼냈다. 프랑스 사진작가이자 영화감독인 크리스 마르케가 1950년대 후반 북한을 방문해 찍은 사진들과 직접 쓴 글을 모아 놓은 포토 에세이였다. 대학 시절 지은 선배에게 선물을 받은 뒤로 이사와 독립, 결혼 그리고 이혼 등으로 이어지는 시간 동안 꾸준히 가지고 있던 아끼는 책 중 하나였다. 언젠가 저 사진들을 가지고 뭔가를 써야지 하고 생각할 정도로 즉물적이면서도 깊은 슬픔이 사진마다 서려 있었다.

“가운데를 펼쳐 보십시오. 좀 더 앞으로요. 아니 뒤로요. 아, 잠깐. 거기, 거기요. 맞아요. 맞습니다. 어머나, 오마니. 찾았다. 찾았습니다. 보세요.”

평소와 달리 지나치게 흥분한 옥미의 감정물질이 거울뉴런을 통해 나에게 빠르게 전달되었다. 나 역시 알 수 없는 기대감에 작은 물고기가 심장 속에서 팔딱대고 있는 것만 같았다. 김일성 광장으로 보이는 거리에 한 아이가 있다. 원근법을 일부러 빗겨 나가게 찍은 것 같은 구도였다. 사진의 거의 정중앙 흰 점선을 따라 네댓 살로 보이는 단발머리 여자 아이가 걸어가고 있다. 아이와 주변 사람들의 옷차림으로 보아 여름임을 알 수 있었다. 왼쪽으로 살짝 기울어진 머리와 아동치마 아래로 뻗어 나온 통통한 다리.

뒤로 감춘 것인지 걸어가는 동작 때문인지 모를 보이지 않는 오른손. 왼쪽 머리카락이 몇 가닥 솟아올라 있고, 왼팔을 들어올려 작게 구부린 손가락이 머리카락에 닿을 듯 말 듯하고 있다. 도톰한 볼과 이목구비. 어떤 감정의 표정인지 알 수 없었다. 치마 앞주머니에는 인형인지 과자 봉지인지 모를 흰 뭉치 같은 것이 들어 있다. 아이 뒤로 건물들과 사람들 그리고 자동차가 보인다.

"그 아이가 리현심 선생님입니다."

반사적으로 왼쪽 가슴을 오른손으로 살짝 움켜쥐었다. 심장 속에 있던 작은 물고기가 요란하게 팔딱거리다가 밖으로 튀어나오려 했다. 다시 사진을 유심히 들여다보았다. 거리들. 건물들. 자동차들. 사람들. 아이의 시선은 카메라와 카메라를 들고 있는 사람의 사이를 지나 나에게 닿고 있다. 단 하나뿐인 멋내기 옷과 단 하나뿐인 멋내기 구두를 신고 아이는 처음으로 시내 구경을 나온 것인지도 모른다.

크리스 마르케는 정확히 1957년 북한을 방문하고 1959년 책을 출판했다. 원제는 《조선의 여인들Coréennes》이다. 옥미의 말에 따르면, 리현심 박사는 그 사진을 아버지가 찍어 준 것으로 알고 있었다고 했다. 일찍 돌아가신 아버지의 유일한 선물 같아 어린 시절부터 액자를 바꿔가며 소중히 간직했다. 궁핍한 삶에 다섯 자녀를 키우느라 정신이 없던 어머니는 사진에 대한 전후 사정을 모르고 있었다. 그날 아버지가 친구를 만나려 평양에 갈 때 따라가겠다고 보채 데려간 것인가, 근데 우리 현심이에게 그런 옷이 있었나, 하고 고개를 저었다고 한다. 그 사진은 오랫동안 리현심 박사의 학교 연구실 책상에 있었고 지금은 집의 서재에 있다. 아주 오랜 시간이 흐른 뒤에야 사진을 찍어 준 사람이 누구인지 알게 되었다고 한다. 스위스 베른에서 공부하고 있던 제자가 고서점에서 크리스 마르케의 사진집을 우연히 발견해 펼쳐 보다가 리현심 박사의 연구실 책상에서 본 사진을 발견한 것이다. 제자가 리현심 박사에게 책을 건네준 이후에 또 다른 제자들과 연구원들이 유학과 세미나로 유럽에 갈 때마다 크리스 마르케의 새로운 책과 자료 등을 구해 달라고 비밀리에 부탁했다. 한 번도 남에게 무언가를 부탁하는 일이 없는 리현심 박사가 유일하게 낮은 목소리로 원하는 일이었다. 인터넷을 쓸 수 있게 되자 리현심 박사는 크리스 마르케로 추정되는 사람에게 이메일을 보냈지만 답장은 받지 못했다. 그리고 몇 년 후 크리스 마르케의 부고 소식을 확인했다. 처음 리현심 박사로부터 그 이야기를 들었을 때 너무나 이상해서 지어낸 이야기만 같다고 옥미는 생각했다고 한다.

"이상하게 0으로 수렴되는 이야기 같았습니다. 제가 하는 말이 맞는지 모르겠지만 꼭 그런 것만 같았습니다. 0으로 수렴되는 이야기. 원점으로 돌아가는 것이 아닌 0으로 수렴되는 이야기입니다."

나 역시 그 말이 무슨 뜻인지 정확히 몰랐지만 공감할 수는 있었다. 0으로 수렴되는 이야기. 나는 그런 이야기를 알고 있을까. 크리스 마르케는 1921년 7월 29일 프랑스 뇌이세르센에서 태어나 2012년 7월 29일 파리에서 세상을 떠났다. 이것이 우리가 알고 있는 이야기의 시작과 끝이다.

"7과 29. 홀로수네요."

나의 말에 옥미가 잇몸을 보이며 소리 없이 웃었다.

내가 크리스 마르케의 영화 《방파제La Jetée》, 《아름다운 5월Le Joli Mai》, 《태양 없이Sans Soleil》, 《올빼미의 유산L'Héritage de la chouette》 등을 봤고 제일 친했던 대학 선배가 프랑스에서 크리스 마르케의 작품으로 박사 논문을 써 많은 자료를 공유할 수 있다고 하자 옥미가 반색하며 리현심 박사에게 전하겠다고 했다. 그리고 이 주가 지난 후 그동안 쓴 나의 기사들과 앞서 인터뷰한 북한 과학자 두 명에 대한 글을 검색해 읽은 리현심 박사가 인터뷰에 응하겠다는 답을 주었다. 대신 서울에서 겨울 양말 하나를 사 오라고 했고, 질문은 한 가지만 받을 거라고 했다. 그 질문이 마음에 들면 한 가지 질문을 더 받을 거라는 이상한 제의가 추가되었다. 받아들일 수밖에 없는 입장에서 오히려 그런 요구가 나를 더 흥분시켰고, 리현심 박사에 대한 맹목적인 관심을 증폭시켰다.

어떤 양말을 말하는 걸까, 하고 옥미에게 물어봤지만 자신도 모르겠다고 마음에 드는 양말을 사 오면 될 거라는 답이 돌아왔다. 웹 쇼핑 검색을 해 겨울 양말을 찾느라 반나절을 보내고도 마음에 들지 않아 휴일 날 직접 동대문 패션타운으로 가 돌아다니다 발이 아플 때쯤 울 니트로 된 무지개색 양말을 구했다. 올 겨울을 위해 나와 옥미의 것도 한 족씩 샀다. 내 것은 옷장을 열어 작년에 망설이다 구입한 에르메스 그레이블루 캐시미어 코트 아래 놓아두고 옥미 것은 포장해 캐리어에 넣었다.

대동강변 위의 인도로 올라가 휑뎅그렁할 정도로 탁 트이고 깨끗이 정돈된 거리를 걸었다. 장단색 외벽의 초고층 건물이 눈앞에 들어왔다. 리현심 박사가 살고 있다는 김책종합공업대학 교육자 아파트다. 과일 바구니 선물이라도 사기 위해 주변에 있는 '미래꽃 상점'에 들르려고 하자 옥미가 팔을 잡아당기며 강하게 만류했다.

"양말 챙겨 왔지요? 그거면 됩니다. 선생님한테 쫓겨나기 싫으면 내 말을 들어야 합니다."

필요에 따라 나 역시 고집을 부릴 줄 알지만 옥미 앞에서는 어쩔 수 없었다.

교육자 아파트 근처 주택단지 농구장에서 중학생 정도로 보이는 남자아이 세 명이 농구를 하고 있었다.

"농구 할 줄 압니까? 키는 훌륭해 보입니다."

갑작스러운 물음에 내가 고개를 흔들자 옥미가 어깨에 멘 에코백을 풀어 나에게 맡긴 채 농구장을 향해 가볍게 뛰어갔다. 옥미가 무슨 말을 하자 아이들이 깔깔거리며 옥미에게 농구공을 던져 주었다. 제법 폼을 잡고 농구공을 퉁기며 움직였다. 내 몸도 따라 농구장 쪽으로 점점 가까워졌다. 옥미가 살짝 몸을 들어 올려 팔을 뻗어 공을 던졌다. 골대에 맞고 바닥에 떨어진 농구공을 보며 아쉬워하는 옥미의 몸짓이 보였다. 아이 한 명이 공을 잡고 친구에게 던지려는 찰라 옥미가 순식간에 공을 낚아챘다. 거리를 두고 여유 있게 공 몰기를 시작했다. 두 손을 쓰면서 움직이기도 했다. 처음에는 얕잡아 보던 아이들도 점점 거세게 가로막기와 손치기를 하며 옥미의 공을 뺏으려고 했다. 그때마다 능숙하게 피하면서 저돌적으로 돌파했다. 옥미가 속임기술로 공을 던지려다가 다시 뒤로 몸을 돌린 뒤 빠르게 공 몰기를 하며 달려갔다. 왼쪽 구역 옆 선에서 허공돌기를 하며 공을 던졌다. 옥미의 에코백을 두 손으로 꼭 움켜쥔 채 나도 모르게 탄성을 질렀다. 공이 골대 가림판에 맞고 튕겨 토성의 고리 같은 링 위를 몇 번이고 맴돌다가 아슬아슬하게 그물망 속으로 떨어졌다. 나와 아이들이 동시에 박수를 쳤다. 옥미가 한 아이의 짧은 머리를 거칠게 쓰다듬은 뒤 다시 내

쪽으로 뛰어 왔다. 이마와 목덜미에 땀이 맺혀 있었다. 가방에서 꺼내 준 휴지를 받은 옥미가 가볍게 이마를 두드리며 내가 묻기도 전에 입을 열어 말했다.

"나 농구 잘 하지요? 오랜만에 공 만지니까 기분이 좋습니다. 초급중학교 시절 학교 대표였습니다. 농구보다는 공부를 택했지만 계속 농구를 했으면 제일 작은 국가선수가 될 수도 있었습니다. 남조선 김시온 선수와 같이 농구를 했을지도 모릅니다. 어릴 때부터 정말 팬입니다. 저랑 나이와 생일이 같습니다. 움직임도 좋고 얼굴도 귀엽습니다. 김시온 님 아십니까?"

"아니요…… 농구는 잘 몰라요."

"모르십니까…… 히힝."

"농구를 보고 있으면 지구의 중력에 고마움이 느껴져요."

"맞습니다. 난 가끔 어느 날 지구의 중력 상태가 멈춰 농구공이 땅을 뚫고 들어가거나 지구 밖으로 쏘아 나아는 상상을 합니다."

"나도 그런 생각을 한 적이 있어요. 아시모프Isaac Asimov의 《반중력 당구공The Billiard Ball》이라는 소설에서는 반중력 광선을 이용한 당구 시합을 해요. 당구공은 수학적 예측을 벗어나 반중력 광선에 닿게 되지요. 모든 중력 작용에서 벗어난 사물들은 무중력 상태처럼 느리게 움직이는 것이 아니라……."

"질량이 없는 물체의 속도, 빛의 속도로 움직이며 맞닿는 물체

마다 폭발이 일어날 겁니다.”

“반중력 광선 장치를 통과한 당구공은 결국 엄청난 속도로 사람의 가슴을 뚫고 가지요.”

“내가 지금 농구공으로 공기 중에 떠도는 얼마나 많은 광입자들을 잠재적 폭발 상태로 만들었는지 모릅니다.”

“지금은 리현심 박사님이 저에게 반중력 광선이에요.”

“오, 김시온 님.”

교육자 아파트로 들어가 엘리베이터를 타고 31층에 내려 옥미의 뒤를 따라 걸었다. 농구를 한 뒤로 기분이 훨씬 좋아 보이는 옥미는 긴장한 나를 위로하는 건지 놀리려는 건지 콧노래를 흥얼거렸다. 아는 노래라 나도 모르게 속으로 따라 불렀다. ‘CNC는 주체공업의 위력 / CNC는 자력갱생의 본때 // 과학기술강국을 세우자 / 행복이 파도쳐 온다 / 파도쳐 온다’ 2009년, 과학기술장려와 CNC^Computer Numerical Control 공업을 선전하기 위해 조선노동당에서 만든 노래 〈돌파하라 최첨단을〉이었다. 신문사의 북한 과학 기사의 첫 헤드라인으로 쓰기도 했다. 남쪽에서도 많은 사람들이 알고 있는 노래였고, 우스운 패러디 영상들이 만들어지기도 했다. 유튜브를 통해 처음 그 노래를 듣고 어이없는 웃음과 더불어 입에 감기는 멜로디에 한동안 시달렸어야 했다. 최첨단의 기쁨슬픔 감정을 돌파하며 드디어 나는 여기에 도착했다.

리현심 박사가 살고 있는 31-13호의 숫자에서 시선을 돌려 우리는 서로를 보며 웃었다. 옥미의 잇몸과 불규칙한 치열이 반짝였다. 문이 열리고 반중력의 세계 속으로 우리는 빨려 들어갔다.

거실에 서 있는 리현심 박사는 낡은 한복을 입고 있거나, 보풀이 일어난 회색 카디건으로 작은 체구를 가린 어둡고 옴팡진 인상일 거라는 예상과 전혀 달랐다. 앤디 워홀 ^{Andy Warhol}의 바나나가 그려진 검은색 면 티셔츠에 실키한 초록색 파자마 바지를 입고 벨벳 버건디 나이트가운을 걸친 첫 모습에 압도되고 말았다. 키가 나와 비슷하니 170cm에 가까울 것이다. 일흔이 넘은 나이에 허리도 꼿꼿하고 어깨도 넓어 보였다. 약간 곱슬거리는 반회색 턱선 단발머리에 길고 흰 얼굴. 가느다랗지만 진한 눈썹과 연갈색 뿔테 안경 속의 커다란 눈, 약간의 볼터치와 도톰한 입술에는 어톰 오렌지색 립스틱이 발라져 있었다. 평양에서 가장 스마트하고 힙한 할머니가 초고층 마천루 31층에 은둔해 있는 것이다. 고개를 숙여 인사하자 나에게 손을 내밀어 악수를 청했다. 커다랗고 두툼한 손 안으로 나의 손이 쏙 들어갔다.

"기자 선생, 손이 차오. 생강, 계피를 많이 드시오."

말을 하면 입안에서 종이 타는 냄새가 난다고 했었나. 옥미의 말과 달리 오랫동안 입을 닫고 살았던 사람 같지가 않았다. 오히려 카랑카랑한 목소리가 방금 전까지 강하면서도 논리적인 어조로 무언가를 주장했던 사람만 같았다.

"선생님, 오늘 기분이 좋으신가 봅니다?"

"일없다. 차나 내오라. 귤피계피차로."

"귤피계피. 귤피계피."

옥미가 노래하듯이 말하며 주방으로 걸어갔다. 리현심 박사 앞에서는 옥미도 여전히 어린 학생이었다. 리현심 박사도 옥미의 장난을 귀엽게 받아들이며 핀잔을 주고 있었다. 나는 엉거주춤하게 소파에 앉았다. 내가 앉아 있는 소파 위에는 김일성 장군과 김정일 국방위원장 초상이 걸려 있다. 머리 위로 액자가 떨어질지도 모른다는 두려움을 느끼며 시선을 대각선 맞은편 벽으로 돌렸다. 어디서 많이 본 그림이 걸려 있는데 샤갈의 그림으로 짐작되지만 제목은 알 수 없었다. 턱을 들어 올려 그림을 힐끔힐끔 보는 나를 향해 리현심 박사가 입을 열었다.

"샤갈Marc Chagall의 《붉은 말을 타는 여자 기수Horsewoman on Red Horse》라오. 볼수록 신비한 그림이지요. 색도 좋고. 러시아 화가들의 그림에는 일관된 색채와 구성이 있소. 아주 수학적인 구성이지요. 기자 선생, 말레비치를 좋아하오?"

샤갈에서 갑자기 말레비치로 넘어가다니, 무슨 말인지 몰라 멍하니 쳐다보자 리현심 박사가 손가락으로 나의 셔츠를 가리켰다. 셔츠의 그림을 내려다본 뒤 머리를 끄덕였다. 예상치 못한 리현심 박사의 부드러움과 예술적 심미안 앞에서 당황한 나는 가방 속 양말을 먼저 꺼내야 할까 망설였다. 샤갈 그림의 여자 기수가 신고 있는 노란색 승마 스타킹을 보면서 노란색 양말을 사 올 걸 하는 아쉬움이 들었다.

"이거 먼저 드릴게요."

리현심 박사가 반색하며 천천히 포장을 풀었다. 크고 주름진 손이 바스락바스락 소리를 내며 부드럽게 움직였다.

"오호, 레인보우 캐츠가 되갔구나."

리현심 박사의 입가에 미소가 스치고 지나갔다. '뭐야, 너무 친절하고 취향이 좋잖아.' 내 안에 요동치는 목소리가 들려왔다. 이것은 하나의 속임수일지도 모른다. 그래야만 한다. 내가 머릿속으로 쓰고 있는 인터뷰 기사, 그리고 앞으로 쓰게 될 소설의 문제적 캐릭터가 결코 아니다. 애써 그려 놓은 리현심 박사의 이미지가 녹아 사라지고 있었다. 나의 야심이 발가벗겨진 것만 같아 부끄럽기도 했다.

"차를 드십시오."

옥미가 탁자에 놓은 노란 찻잔 안에 담긴 차를 내려다보았다. 뜨거운 김이 올라왔다. 시원한 차가 마시고 싶었지만 분위기상 거절할 수 없었다. 차가 있으면 마셔야 하는 것이다. 귤피계피차는 특유의 강한 향과 달리 입안에 들어가자 달콤 쌉싸름한 맛이 번지다 순식간에 사라졌다. 내가 지금 뭘 마신 거지, 하고 다시 노란 찻잔을 들어 입에 댔다.

"이건 나 주는 겁니까? 감사해라. 크리스마스 선물을 미리 받겠습니다. 무척 부드럽습니다."

포장을 푼 옥미가 아이처럼 좋아하며 양말을 입술에 부볐다. 그사이 리현심 박사는 무지개 양말 속으로 손을 집어 넣어 주먹을 쥐어 동그랗게 만들어 보며 유심히 살펴 보았다. 무지개 양말손을 좌우로 흔들기도 했다. 드디어 말로만 듣던 본모습을 보여주려는 건가. 양말 주먹을 내 입에 넣어 입자가속기처럼 엄청난 속도로 팔을 돌릴지도 모른다. 주변의 모든 풍경이 광속의 빠르기로 휘감겨 돌아가다가 멈춘다. 갑자기 안내자가 문을 부수고 들어와 '안 되갔구만요, 자유주의 하지 마시오', 라고 옷을 벗고 무지개 털로 덮인 신경질적으로 비만한 삼각형으로 변해 반중력 광선 에네르기로 나를 터트려 버린다. 나는 한 잔의 황해도 해주 사과 단물 주스가 된다. 어젯밤 류경호텔에서 시작된 초자연적 망상의 끝을 보게 될 것이다. 내가 쓰려는 이야기의 번외편은 러브크래프트의 크툴루의 부름을 받은 위어드 픽션^{Weird Fiction}이 될 것이다.

리현심 박사를 따라 들어간 서재는 작은 기념관으로 보였다. 벽에는 《쿠미코의 미스테리Le Mystère Koumiko》 포스터가 붙어 있고 크리스 마르케에 관한 자료들로 한쪽 책장이 채워져 있었다. 언뜻 보기에도 책들과 자료들, VHS, DVD가 체계적으로 정리되어 되어 있었고, 영화제와 전시 관련 도록이 쌓여 있었다. 크리스 마르케가 자신의 아바타인 치즈고양이로 등장한 아녜스 바르다Agnes Varda의 영화 《여기 저기의 바르다Agnes de ci de la Varda》는 물론 《머나먼 베트남Loin du Vietnam》 등 다른 작가들과 함께 작업한 작품들까지 꼼꼼하게 모아두고 있었다. 유럽은 물론 미국과 일본, 중국의 자료도 있었다. 심지어 2013년 서울 강남 신사동에 있는 '아뜰리에 에르메스'에서 전시한 〈크리스 마커와 꼬레안들Chris Marker and Coréens〉 리플릿도 있어 깜짝 놀랐다.

지은 선배가 프랑스로 유학을 가기 전 함께 본 전시였다. 에르메스 매장에 대한 거부감과 크리스 마르케의 좌파 정신에 대해 선배가 열변을 토했던 기억이 났다. 치기 어릴 정도로 지나치게 흥분한 지은 선배가 어느 순간 느닷없이 고백을 했고, 나는 농담으로 치부해 버렸다. 6월 초였지만 화장을 지우고 싶을 만큼 덥고 습도가 높은 날이었다.

옆 선반에는 크리스 마르케의 흑백사진과 고양이 그림들, 그리고 일본 고양이 인형 마네키네코와 각양각색 고양이 봉제 인형들이 가득했다. 그제야 리현심 박사가 왜 나에게 겨울 양말을 사 오라고 했는지 알 것 같았고, 크리스 마르케의 《조선의 여인들 Coréennes》에 나온 장밋빛 고양이 인형 사진과 글을 뒤늦게 떠올릴 수 있었다.

"어떻게 이런 걸 다……."

"바느질은 뇌건강에 좋소. 무지개 고양이를 만들어 보고 기자 선생에게 줄지 내가 가질지 생각해 보겠소. 남조선에 부러운 건 단 한 가지. 고양이를 집에서 맘대로 키우는 것이오."

"아이구 이쁜 옥돌이들. 니 단추눈 갈아야겠다야."

옥미가 살아 있는 고양이를 어르듯 인형들에게 말을 건넸다.

"옥미는 잘 되가니?"

"선생님, 오늘 이상하시다. 그런 걸 다 물어보시구."

"대답하라우."

"진척이 없어요."

"진척이 있으면 과학이 아니지. 게바라다니지 말고 연구에 전념하라우."

"난 선생님처럼 머리가 좋지 않은가 봅니다."

"쓸데없는 소리 말고. 인생을 깡그리 바치라우. 우주탐사국에 들어가려면 정신 똑바로 차려야 한다."

"알겠습니다."

옥미가 금세 꼬리를 내린다. 나에게 하는 소리만 같아 멈칫하게 된다. 병색을 감추려는 표정이 얼핏얼핏 보였지만 리현심 박사의 주름진 얼굴에는 강한 의지가 도드라져 있었다. '인생을 깡그리 바치는 일. 정신을 똑바로 차리고.' 리현심 박사의 말에 심장 속 물고기의 팔딱거림을 또다시 느끼면서도 머릿속에서 인터뷰 기사 제목을 뽑고 있는 나 자신을 비웃었다. 시선을 돌리자 낡은 책상에 놓여 있는 B5 크기의 나무 액자가 눈에 들어왔다. 방에 들어올 때부터 발견했지만 모른 척하고 있었다. 시간이 필요했다. 왠지 그래야 할 것 같았다. 누렇게 바랬지만 책에서 보던 사진과 정말 같은 것이다. 사진을 유심히 바라보고 있는 내 뒤에서 리현심 박사가 말을 하기 시작했다.

"가끔 저 아이가 내가 맞는지 의심스럽다오. 나는 어렸을 때 사진 속 거리에 간 기억이 없소. 기억을 하려고만 하면 더 오래된 기억만 날 뿐이오. 지워진 기억 속에 내가 있다니. 다른 사진이 없으니 저 아이가 나인지 어떻게 알 수 있단 말이오."

"……."

"라줴떼La Jetée의 남자처럼 시간 여행을 할 수는 없소. 크리스 마케 아바이가 보내 준 것이란 상상도 해봤지만 어떻게 그런 일이 가능할 수 있겠소. 하지만 나는 믿고 싶은 것이오. 믿어 왔소. 믿지 않을 도리가 없었소. 그건 내가 과학을 깊이 탐구하고 사색하는 것과 같은 것이오. 하나의 가능성만 믿고 가는 것이오. 불가능한 가능성이란 말이 없었다면, 실패의 주체화가 없었다면, 과학도 지금의 나도 없었소. 민족의 평화와 인민의 행복을 꿈꿀 수도 없었을 것이오."

"……."

"이제 내가 저 아이인지 아닌지는 중요하지 않소. 한 번도 만나지 않아도 연결되어 있다는 것을 알 수 있는 사람들이 있소. 크리스 마케 아바이의 사진과 영화를 보고 있으면 사람들의 얼굴을 더 자세히 보게 되오. 얼굴 하나하나를. 하나하나의 얼굴을. 우리가 잃어버린 사람들. 얼굴들을 말이오. 조국해방전쟁 이후 북조선과 남조선에서 과연 얼마나 많은 사람들이 죽었는지 나는 따져보곤 한다오. 죄 없는 사람들이 너무 많이 죽었소. 아이들이 쌔까맣게 죽었소. 남조선으로부터 끔찍한 이야기들이 들려올 때마다 나는 사실이 아니라고 믿었소. 하지만 모두 사실이었소. 사실이었지. 여기서 죽은 사람만큼 거기서도 죽었소. 더 많이 죽었소."

"……."

"서울과 광주와 부산의 편의점 앞 의자에 앉아 지나가는 사람들을 특히 젊은이들을 가만히 쳐다보고 싶기도 하오. 제주도 오름에 오르고, 해녀들의 물질을 바라보고 싶기도 하오. 나도 탈북할 기회가 몇 번 있었고 유혹도 많았지. 왜 아니겠소. 유럽의 학교와 연구기관에서. 좋은 집과 차와 대접을 받으며. 심지어 마음만 먹으면 미국으로도 갈 수 있었소. 그럴 때마다 크리스 마케 아바이의 저 사진이 나를 여기에 붙잡아 두었소. 아무것도 모르는 아이가, 아무것도 말하지 않는 저 사진이 나를 여기서 한 번도 떠나지 않게 만들었단 말이오. 그리고 나는 늙었소. 나는 결코 저 아이를 본 적이 없소. 이해할 수 있겠소?"

"……."

"상상하는 것은 기억하는 것이 아니라고 했소. 베르그손$^{Henri Bergson}$ 선생의 말이오. 저 아이가, 내가, 상상 속에 있는지 기억 속에 있는지 어떻게 알 수 있단 말이오. 알고 싶소. 알고 싶지 않소. 나 역시 누군가가 보고 있는 이마주^{image} 속의 사람이라는 것을 요즘 깨닫고 있소. 라줴떼의 남자처럼 실험을 당하고 있는지도 모르겠소. 그렇다면 나는 이제 어느 세계로 갈 수 있단 말이오. 어느 시간의 이마주로 남게 되겠소. 나는 평생 눈에 보이지 않는 것을 눈에 보이게 만들려고 노력했소. 이제 눈에 보이는 것도 눈에 보이지 않는 거라고 믿고 있소. 내가 믿어 왔던 과학의 세계에 나는 도전하고 있는 것이오. 아니 이것은 또 다른 과학의 세계요. 이해할 수 있소? 이해해야만 하오. 나는 오래 살 수도, 바로 죽을 수도 있소. 불가지의 세계에 빠졌다고 비웃을 일이 아니오. 오래전 손상된 나의 경추에 초전도 금속이 들어 있는지 어떻게 알겠소.”

“…….”

“기자 선생. 돌아보지 마시오. 내가 말한 것을 기사에 쓰지 마시
오. 누구에게도 말하지 마시오. 약속해 주시오. 돌아보지 마시오.
부탁이오. 잠시 쉬어야겠소. 오랜만에 말이 말을 물고 가버린 것
같소. 입에서 벌써 책 한 권이 다 타버린 것 같으오. 그런 것이오.
이미 다 말한 것 같지만 다시 말하겠소. 약속은 지킬 것이오. 시간
은 충분하니. 질문은 좀 있다 듣겠소.”

“…….”

“미안하오.”

“아닙니다.”

“내가 이렇게 수다스러운지 몰랐을 것이오. 나이가 들면 자신
도 모르게 말이 흘러넘칠 때가 있는 법이오. 말을 줄여야 하는데.
말을 할수록 기억을 언어를 잃게 되는 것만 같으오.”

“…….”

“잠시 쉬어야겠소. 옥미야.”

돌아보면 그 자리에서 돌이 될 것 같아 책상을 두 손으로 꽉 움
켜잡았다. 돌아보지 않아도 옥미가 리현심 박사를 부축해 서재를
빠져나가는 것을 알 수 있었다. 바닥을 스치며 사라지는 슬리퍼

소리에 귀를 기울이고 있으니 둘이 나를 두고 다른 세계로 떠나는 것만 같았다. 버려진 기분이 들었다. 나는 이곳에서 어떻게 나갈 수 있을까. 나는 또 누가 보고 있는 이미지의 주름에 불과할까. 불과하더라도. 기쁨슬픔의 나선형 주름으로 가득한 이미지. 이마주.

어디선가 희미한 소리가 반복적으로 들려오기 시작한다. 금속판 위로 물방울이 떨어지는 소리 같기도 하다. 나의 표정을 읽은 옥미가 말한다.

"선생님이 손전화 프로그램으로 만든 전자음악입니다."

"언젠가 들어본 것 같아요."

"그럴 리가요. 저런 음악은 비슷비슷하기도 하지만 선생님의 전자음악은 우주를 떠올리게 합니다. 잠들 때 들으면 이미 우주에 가 있는 것 같습니다. 나는 우주탐사국에 지원할 겁니다. 2030년 안에 우주로 가는 게 저의 목표입니다."

"저번에 말한 것처럼 마지막 과학자 인터뷰는 옥미가 해줘야 해요."

"일없습니다. 나 같은 잔챙이가 무슨. 나중에 지구 밖에서 하겠습니다."

"지구 안에서도 하고 지구 밖에서 또 해요."

"선생님이 여름 기자님을 마음에 들어 하는 것 같아 기분이 좋습니다."

"고마워요."

"나는 선생님이 갑자기 사라질까 봐 두렵고 무섭습니다."

"……"

"차를 더 드시겠습니까?"

"네. 귤피계피."

거실 소파에 앉아 주방에서 차를 데우고 있는 옥미를 바라보며 며칠 동안 고심해 준비한 질문을 되뇌어 보았다. 되뇌일수록 질문의 문장들이 어절과 음절과 음소로 분해되어 잡을 수 없는 곳으로, 눈으로 확인할 수 없는 시공간으로 흩어진다. 소리 파편이 되어. 시그널 코드로. 암호의 코어로. 홀로수로.

옥미가 노란 찻잔이 놓인 쟁반을 들고 웃으며 걸어오고 있다. 잇몸이 보일 듯 말 듯하다. 베란다 창밖으로 구름이 천천히 지나간다. 구름의 저편으로 사라진 사람들을 생각한다. 우리의 사람들. 사라지지 않고 우리 주변을 맴도는 유령들. 우리의 유령들. '그때 사진 속 아이의 주머니에 있던 하얀 것은 무엇이었어요?' 새로운 질문을 떠올리려다 이내 지워 버린다. 옥미의 웃음이 사라지기 전에. 옥미의 웃음은 여름의 웃음이다. 여름 평양의 웃음이다. 웃음이 사라지기 전에 나는 이 모든 것을 머릿속에서. 머릿속에서. 지우며. 글을 지우며. 글을 지우며. 옥미가 건넨 찻잔을 받는다. 찻잔 속을 들여다본다. 하나의 얼굴이 보인다. 또 하나의 얼굴이 보인다. 우리의 얼굴들. 거리들. 건물들. 자동차들. 사람들. 동물들. 유령들. 얼굴들. 우리들.

금속판 위로 물방울이 떨어진다. 물방울의 가장 예민한 부위는 금속을 그대로 통과해 다른 차원으로 스며들 것이다. 리현심 박사의 방에서 새어 나오는 전자음악 소리가 점점 크게 들려오고 있다. 귤피계피차를 마신다. 입안 가득 퍼지는 맛. 이번 여름은 아주 길 것 같다.

김태용

　　　남북 배경의 SF 역사소설을 구상하고 있었다.

이 소설은 그 구상의 한 줄기로 평양의 미래과학자거리와 려명거리, 과학

기술전당과 류경호텔 등의 건축물과 북한 과학환상소설 연구, 북한 소설

가 한정아의《녀학자의 고백》에 대한 자료들에서 영향을 받아 썼다.

소설에 나오는 리현심 박사의 정보들은《녀학자의 고백》의 주인공 리현

심으로부터 출발해 재허구화했음을 밝힌다.

1950년대 후반 북한의 모습을 담은 크리스 마르케의 포토에세이《북녘

사람들/조선의 여인들Coréennes》의 사진들은 오랫동안 머릿속에 각인되어

있었다. 언젠가 이 이미지들을 모티브로 글을 쓰고 싶었다.

북한의 과학기술 선전 노래 〈돌파하라 최첨단을(보천보 전자악단, 모란봉 노

래, 2009)〉은 소설 뉴런을 직접적으로 자극했다.

무엇보다 2018년 4·27 남북정상회담과 그 이후의 국내외 정세 변화가 소

설의 전체적인 분위기를 만드는 데 결정적인 작용을 했다.

여전히 많은 난제들이 있고, 불투명한 미래의 시간들이 있지만 소설에 나

오는 2023년의 모습을 꿈꿔 본다.

소설을 쓰는 데 참조한 주요 책과 자료들은 다음과 같다.

《북녘 사람들》(크리스 마커, 김무경 옮김, 눈빛, 2008)

《과학기술로 북한 읽기》(강호제, 알피사이언스, 2016)

《북한 과학환상문학과 유토피아》(서동수, 소명출판, 2018)

《평양에 언제 가실래요》(박기석, 글누림, 2018)

《녀학자의 고백》(한정아, 문학예술출판사, 2013)

《과학환상문학창작》(황정상, 문학예술출판사, 1993)

〈북한 과학환상소설과 정치적 상상의 도상으로서의 바다〉(복도훈, 국제어
문 제65집, 2015)

〈과학기술발전과 북한여성정책의 지향점-장편 '녀학자의 고백'에 담겨진
상징코드〉(박태상, 비평문학 제61호, 2016)

〈북한의 '건축예술론'에 대한 비평적 연구〉(신규철, 대한건축학회 제75호,
2016)

〈데일리엔케이 www.dailynk.com〉

〈북한과학기술네트워크 http://www.nktech.net〉

매달리다

성석제

* 본 작품은 《믜리도 괴리도 업시(문학동네, 2016)》에 수록되었습니다.

한 남자가 매달려 있다. 바다와 합류하는 강을 가로지르는 다리 아래, 늙은 느티나무에. 그의 몸은 밧줄로 묶여 있고 밧줄은 나뭇가지에 걸쳐져 있다. 다리가 허공에 떠 있는 남자의 몸은 중력에 의해 지구 중심으로 줄기차게, 팽팽하게 끌어당겨지고 있다.

남자는 목을 매지 않았다. 스스로 자신의 몸을 묶고 나무에 매달려 있는 것이다. 강변에 십여 년 전 군청에서 만들어 놓은 체육공원이 있지만 북풍에 눈발이 흩날리는 날씨라 그런지 나무에 매달린 남자를 보고 놀라 자빠지거나 끌어내리려 하거나 경찰에 신고할 사람은 보이지 않는다.

남자는 스스로의 선택으로 나무에 매달렸다. 매달리지 않고서는 견딜 수 없어서. 온몸의 관절이 빠지고 뼈마디란 뼈마디가 다 어긋나는 듯한 고통을 느끼고 싶어서. 적어도 그랬을 때의 기억, 떠올리기조차 싫은 기억을 떠올리기 위해 뼈가 빠지도록 매달려 있는 것이다. 그게 속죄 행위이기라도 한 양, 스스로를 벌하는 것처럼. 그는 한 시간째, 아무도 없는 강변에서 날이 어두워질 때까지 물을 제대로 짜지 않고 널어 놓은 빨래처럼 흐느끼고 흐느적거리며 매달려 있다.

남자는 어릴 적부터 무엇에든 집중해서 매달리는 버릇이 있었다. 그가 기억하는 한 가장 일찍 매달렸던 건 바다였다. 바닷가에 태어난 사내아이들에게 바다는 매달릴 수밖에 없는 대상이고 피할 수 없는 생존경쟁의 전장이었다. 열네 살에 명태잡이배에 처음 오르면서 그는 속으로 다짐했다. '언젠가는 여기 있는 모든 사람들이 나를 배에서 가장 높은 어른으로 우러러보게 하겠다. 아니면 저 시퍼런 바다에 빠져 죽어버리겠다'고.

그때 그를 이끌어 주고 격려해 줬어야 할 아버지는 죽고 없었다. 아들이 여덟 살 되던 해 겨울, 모든 사람이 우러러보는 선장이었던 아버지는 풍랑이 거센 바다로 명태잡이배를 타고 나갔다가 배가 침몰하면서 집으로 돌아오지 못했다. 첫아들에게 오래 살라고 '명길'이라고 이름을 지어준 아버지였다.

어머니는 바닷가 마을의 무당이었고 고기잡이 나가는 날을 택일해 주고 뱃일을 하다 죽은 사람을 위해 진혼굿을 해주곤 했다. 남편이 바다에 나갔다 죽은 일은 그녀의 용한 점괘와 용왕신에게서 받은 신통력에 가려 큰 문제가 되지 않았다. 오히려 남편의 동료였던 선주, 선장, 죽거나 실종된 어부의 가족이 시도 때도 없이 그녀를 찾아왔다. 그녀는 그들에게 자신의 아들을 배에 태우거나 바다로 데리고 나가면 크나큰 재앙이 닥칠 것이라고 위협했다.

하지만 바다에서 살다 바다에서 죽은 남자의 아들이자 바다가 아니면 살 의미가 없다고 생각하는 소년에게 배를 타지 못한다는 건 있을 수 없는 일이었다. 소년은 항구에 고깃배가 들어오면 남먼저 뛰어가 그물코에 붙은 물고기를 떼내고 그물코를 손질하는 등의 일과 잔심부름을 했으며 그 대가로 잡고기를 얻어 집으로 가져오거나 팔기도 했다. 바닷가를 배회하고 있는 소년의 모습은 사시사철 눈에 띄었다. 소년은 선주와 선장들을 찾아다니며 무엇이든 다 할 테니 배에 태워 달라고 애원했다. 결국 모자의 팽팽한 대결에서 뱃사람의 피를 물려받은 아들이 승리했다.

초등학교를 졸업하던 해 처음으로 배를 타게 된 소년은 미칠 듯한 두근거림과 두려움, 설렘으로 들뜬 것도 잠시, 배가 난바다에 나가기까지 심한 멀미로 내장을 다 쏟아낼 듯이 토악질을 했다. 모든 사람들에게 우러름을 받기는커녕 뱃사람의 씨가 아니고 어디 다리 밑에서 주워온 자식이라고, 걸리적거리기나 한다고 머리를 쥐어박히고 정강이를 걷어차였다. 그렇게 호된 신입 과정을 거쳐 사나흘 만에 간단한 일은 거들 수 있게 되었다. 주로 식사를 담당하는 화장火匠이 소년을 조수로 부렸고 청소와 뒷정리를 시켰으며 제법 깔끔하게 일을 한다고 칭찬까지 했다.

소년이 집으로 돌아오자 어머니는 돌연히 낯설고 위엄 있는 노인처럼 변해 있었고 어머니라고 부르지도 못하게 했다. 죽을 날을 받아 놓았다면서 자신이 살아 있는 동안은 절대 배를 타지 않겠다는 조건으로 소년을 집에 받아들였다.

그 뒤 소년은 어머니를 어떤 호칭으로도 부르지 않았다. 계절이 세 번 바뀌고 난 어느 날 소년이 용왕전 앞마루에서 박수무당의 북을 치는데 무당이 억센 손길로 북채를 빼앗아 마당으로 던져 버렸다.

"너는 북 칠 팔자가 아니다."

무당은 바닷가 마을의 선주와 선장을 모두 불러오게 했다. 액운을 막는 부적을 한 장씩 그들에게 나눠 주고는 소년에게 고개를 돌렸다.

"나 죽은 연후에 저 어린것이 바닷가를 헤매다가 굶어 죽을까 걱정이오. 대주들이 저 아이를 잘 돌봐 준다면 내가 일 년에 네 번씩은 마이구리(만선)를 하도록 용왕님께 축수해 드리겠소. 저 아이 흉살이 올해로 모두 없어지고 복덕이 돌아오니 앞으로 혼자서 두어 사람 몫을 할 것이오."

선주와 선장들이 그 말을 깊이 새기고 지키겠노라고 다짐하고 돌아간 뒤에 무당은 소년에게도 부적을 한 장 써주었다.

"너는 원래 배보다는 땅에 발 디디고 고래등 같은 큰 집에 수많은 사람들하고 같이 살 팔자를 타고났어. 그래도 뱃놈 피를 받았으니 배를 타야 할 것이고 죽을 고비를 두 번은 넘겨야만 남보다 길게 살 수 있을 거다. 이 부적은 네 명命을 담았으니 비닐에 잘 싸서 속옷에 꿰매가지고 다니거라. 안 그러면 너도 네 애비처럼 수중고혼이 되고 말 틴께. 나는 이만 먼저 간다. 너 혼자 남아서 잘 살아 보거라."

무당은 남의 말 하듯 하고는 크게 한숨을 내쉬더니 숨을 거두었다. 넋이 나간 소년을 대신해 동네 사람들이 장례 절차를 차질 없이 마무리했다. 출상 뒤 보름쯤 지나 명태 떼가 몰려드는 음력 섣달 초순이 되었을 때 용왕전 앞에 멍하니 앉아 있는 소년을 배 씨 성의 선장이 데리러 왔다.

"출항이다. 배에 타라."

여섯 번째 출항에서 소년은 당당히 어른 한 사람 몫의 임금을 인정받았다. 인정이야 어떻든 상황은 좋지 않게 돌아갔다. 갈수록 바람이 거세졌고 2톤짜리 명태잡이배는 북방어로한계선이 있는 북쪽으로 밀려갔다. 하지만 선장은 배를 멈추지 못했다. 북으로 올라갈수록 주낙으로 잡히는 명태의 수가 늘어났기 때문이었다.

어릴 때부터 뱃사람으로 잔뼈가 굵은 네 명의 어부들은 똑같은 생각에 매달려 있었다. 잡은 고기로 만선이 되면 기름값과 고기잡이에 소용되는 도구들에 들어가는 비용을 빼고 남은 수익의 절반을 무조건 선주가 가져가고, 나머지 절반을 선장과 선원들이 나눠 갖게 되는 것이었다. 자기들에게 돌아오는 몫이 적든 크든 일단 무저갱 같은 배의 뱃구레船腹는 채워야 했다. 목구멍이 포도청이라고 생계에 목을 매지 않은 사람이 없었다.

가을에 바다 밑바닥으로 명태가 모여들면서 명태잡이는 시작되었다. 명태는 겨울이 되면 얕은 바다의 모래, 진흙 바닥에 알을 낳았고 그런 곳이 황금어장이었다. 어부들은 항구에서 수십 리 떨어진 어장으로 배를 끌고 나가서 그물을 놓았고, 다음날 새벽에 다시 그곳으로 가서 그물을 걷어 올려 그물코에 걸린 명태를 잡았다. 때맞춰 그물을 쳐놓고도 갑자기 풍랑이 일고 비바람이 쳐서 다음 날 가지 못하면 다른 배가 와서 그물을 걷어갈 수도 있고, 북한에서 내려온 배가 어장 전체의 그물을 쓸어가는 경우도 있었다. 먹고사는 데는 남북이 따로 없었다. 자신의 운을 믿는 선장들은 거친 풍랑과 난파의 위험을 무릅쓰고라도 그물을 걷으러 난바다에 나갔고 틈나는 대로 주낙으로 명태를 잡아 올려 배의 배를 채웠다. 주낙으로 잡아 올린 명태는 생태나 명란용으로 비싸게 팔려 나가니 일석이조였다. 정신없이 주낙을 당기던 선원들은 어둠 속에서 확 터져 나오는 불빛에 눈을 가렸다. 북방어로한계선을 넘은 것이었다.

선원들을 취조하던 북한의 국가보위부원이 탁자를 내리치며 말했다.

"일부러 이런 험한 날씨를 골라서 명태를 잡는 척하고 우리 공화국에 침투할 간첩을 실어다준 게 아닌가?"

그들의 각본은 이미 정해져 있었다. 선원들은 자신들이 배 아래에 숨겨온 북파 간첩의 신상에 관해서 자다가도 일어나 대답할 수 있을 정도로 달달 외웠다. 목숨이 암기력에 달렸다. 남한의 바닷가 항구도시에는 간첩을 양성하는 아지트가 있다. 북한의 주요 시설을 파괴하고 요인을 암살하는 등으로 혼란을 조성하기 위해 북파된 간첩은 북쪽에 성공적으로 침투하지 못하게 되면 스스로 발에 돌덩이를 매단 채 독약이 든 캡슐을 깨물고 바다 아래로 가라앉곤 한다. 그들의 배에 어부를 가장해 승선했던 간첩 역시 그렇게 한 것으로 정해졌다.

소년은 다행히 혹심한 고문을 받지는 않았다. 어머니의 예언 대로 흉살이 없어져 버려서인지도 몰랐다. 매질과 고통과 위협, 세뇌공작에 시달리며 다섯 달 동안 붙들려 있었다. 시키는 대로 일하라면 일하고 자라면 자고 외우라면 외우고 가르치는 노래를 불렀다. 그나마 노래에는 약간의 단맛을 품은 찔레순 같은 자유의 기미가 들어 있어 소년은 노래를 좋아했다. 소년이 북한에서 한 일 가운데 가장 잘한 일은 입을 다물고 있었다는 것이었다. 다섯 달 뒤 그들에게 내려진 명령은 추방이었다.

"너희 배는 간첩선이라 압수한다. 헤엄을 치든가 구명선으로 갈 테면 가라우."

선장과 선원들은 다시는 북방어로한계선을 넘지 않겠다는 내용의 문서에 지장을 찍고 나서야 자신들이 타고 온 배로 돌아갈 수 있었다. 선원들은 구명선을 내리고 젖 먹던 힘을 다해 노를 저었고, 북풍과 해류 덕분으로 북방어로한계선 아래로 남하할 수 있었다.

"이게 다 보살님이 주고 가신 영험한 부적 덕택이다."

남한의 경비정에 올라타고 나서 선장은 소년을 바라보며 말했다. 소년은 자신의 때 전 내의 속에 꿰매 놓은 부적에 대해서는 말을 하지 않았다. 부적의 영험함에 매달린 건 아니지만 발각되거나 빼앗기지 않은 것은 신기했다.

귀환한 명태잡이배의 선장과 선원들은 항구에 도착하자마자 경찰서로 가서 강도 높은 조사를 받았다. 일단 납북되면 어선과 어부가 돌아오는 경우가 많지 않던 시절이라 이북에서 어떤 부역을 하고 왔는지, 세뇌가 되고 포섭되지나 않았는지 의심받았다. 소년은 함께 갔던 선원이 구타를 당해 고깃살魚肉처럼 변해 버린 것을 보았다. 눈과 코, 입술이 모두 퉁퉁 부어서 그게 원래 무엇이었는지 알아보기 힘들었다.

"어린놈이라고 봐주지 않는다. 네가 한 말하고 다른 놈들이 한 말하고 한마디라도 다르면 총알 밥이 될 줄 알아."

소년을 취조한 경찰은 말은 그렇게 했어도 소년이 죽음을 떠올릴 만큼 몰아붙이지는 않았다. 소년은 배운 게 노래밖에 없었다. 반공법을 적용하기에는 연령 미달이었다. 만 14세가 되지 않았던 것이다.

"차라리 거기서 돌아오지 않거나 죽는 게 나았다. 이렇게 내가 나한테, 식구들한테 짐이 될 줄 알았으면."

선장은 그 말을 남기고 간첩 혐의를 뒤집어쓰고 감옥으로 갔다. 선원 둘은 고문을 받아 폐인이 됐고, 한 사람은 어디론가 사라져 버림으로써 담당 경찰관이 징계를 받았다. 소년만은 별다른 일 없이 계속 배를 타면서 성년이 되었다. 몇 년 되지 않아 타고난 고기잡이 솜씨에 강철 같은 체력 덕분에 선주들이 서로 자기 배에 태우고 싶어 하는 당당한 어부로 성장했다.

이명길은 방위 근무를 마치고 나서 스물세 살이 되던 해 읍내 치과에 근무하고 있던 두 살 연상의 여자와 결혼을 했다. 여자의 아버지가 선장이었는데 자신의 뒤를 이을 사윗감으로 그를 일찍부터 점찍어 두었기 때문이다. 결혼한 이듬해 자신을 빼닮은 아들을 낳았다. 이제 열심히, 성실하게 살기만 하면 앞날은 순풍에 돛단 듯 저절로 훤히 열릴 것 같았다.

그는 이명길이라는 자신의 이름보다는 '철민이 아버지'로 불리는 걸 좋아했다. 아이가 말을 하기 시작하고 걸음마를 하고 달리기를 하고 배에 태워 달라고 조르기 시작하면서 그의 행복은 풍선이 부풀듯 커졌다. 자신이 어린 시절 아버지에게 받지 못한 사랑을 한꺼번에 아이에게 쏟아붓듯 일이 없는 날에는 종일 아이와 시간을 보냈다. 아이는 아버지의 강건한 구릿빛 맨몸에 매달리는 것을 가장 좋아했고, 그에게는 아이를 무동태워 집에서 바다까지 오가는 게 가장 큰 즐거움이었다. 아이는 아버지가 배를 타고 바다에 나가 있는 동안 내내 바닷가에서 아버지를 기다리곤 했다. 아들과 함께 바닷가를 달리고 조개나 해초를 줍고 낚시로 물고기를 잡아서 집으로 가지고 오는 그에게서는 웃음이 떠나지 않았다.

그에게는 뱃일을 하는 천생의 운이 따르는 것 같았다. 어머니가 준 부적은 바스러져 사라졌지만 상관없었다. 그가 키를 잡는 배는 거의 다 만선이었다. 최신형 어군탐지기를 탑재한 어선들이 잡는 물고기는 그가 그저 직감으로 가서 잡아내는 것에도 미치지 못했다. 바닷물이 따뜻해지면서 연근해의 명태는 줄어들었지만 양미리, 도치, 광어, 임연수어 등은 오히려 전보다 많이 잡혔고 값 나가는 문어를 잡아 올리는 데는 그를 따를 어부가 없었다. 노름 판에서 귀신같이 패가 붙는 노름꾼처럼 그 스스로도 배에만 오르 면 바다의 물고기는 모두 내 것이라는 자신이 있었다. 사람들은 앞다투어 그와 같이 일하려고 했다.

그의 아내는 명태를 북어나 황태로 가공하고 명란젓, 창난젓 을 만들 때 누구보다 일 잘하는 걸로 소문이 났다. 음식 맛이 좋아 서 식당을 차리라는 말도 여러 번 들었다. 사철 파도 소리가 들리 는 바닷가에 번듯한 양옥집을 사서 옮겼다. 둘째 아기가 쉽게 생 기지 않았으나 아직 젊은 터라 부부는 크게 걱정하지 않았다. 그 렇게 7년, 서울에서 18년 동안 철권을 휘두르던 독재자가 죽고 그 뒤를 이어서 장군 출신의 인물이 새로운 독재정권을 휘어잡을 때 까지 가족의 단란하고 달콤한 행복은 계속되었다.

어느 여름밤 사복 경찰들이 그의 집을 덮쳤다. 경찰들은 구둣 발로 방으로 들어와 수박을 먹으면서 프로 야구 중계를 보고 있던 그에게 수갑을 채우고 무슨 일이냐고 묻는 그의 입에 재갈을 물렸 다. 아이의 비명과 울음소리에 놀라서 부엌에서 뛰어들어왔던 그 의 아내는 배를 걷어차여 쓰러졌다.

"이런 새빨간 종자들은 아예 씨를 싸그리 말려 버려야 되는데. 요즘 세상 법이 좋아 내가 참는다."

경찰 가운데 가장 나이 많아 보이는 양복 차림의 남자가 말했다. 덩치 큰 경찰은 수박을 들어서 박살냈다. 온 방 안에 수박즙이 붉게 튀고 씨가 사방에 들러붙었다.

"반장님, 이 빨갱이 놈의 새끼가 요래요래 포실하게 해놓고 사는 꼬라지 좀 보십시오."

이명길과 함께 납북된 어느 선원이 경찰의 손아귀에서 도망쳐 남해안의 조용한 섬마을 양식장에 가서 십 년 넘게 숨어 살았다. 어느 날 그는 술에 취해 십여 년 전 북한에서 있었던 일에 대해 횡설수설하면서 '장백산 줄기줄기 피어린 자욱'으로 시작하는 북한 노래를 부르다가 함께 술을 마시던 이웃에게 간첩으로 신고를 당했다. 그는 경찰에 체포되어 정보기관에 이첩되었고 고문으로 만신창이가 되면서 그들이 요구하는 대로 있는 사실, 없는 이야기를 모두 토설했다. 배에서 화장을 도맡아 했던 그의 기억에 밥 짓고 청소하는 일을 도왔던 이명길이라는 소년의 이름이 남아 있었던 게 문제였다.

경찰은 이명길을 안이 들여다보이지 않도록 짙은 색유리를 끼운 검은색 지프에 태웠다. 안에 있던 정보기관의 기관원이 그가 바깥을 보지 못하게 차의 좌석이 아니라 바닥에 머리를 처박았다.

"간첩 새끼들은 사람으로 치면 안 돼. 말을 하는 버러지라고."

이명길은 카랑카랑한 쇳소리로 후배를 교육하던 나이 든 기관원의 말을 기억했다. 간첩이라는 엄청난 단어에 그는 무슨 오해가 있는 거라고 생각했고 쓸데없이 저항하고 변명하느니 일단은 그들의 말에 순응하는 편이 낫겠다고 판단했다. 인적이 드문 도시 뒷골목의 가정집 앞에 차가 멈췄고 그는 지하로 가는 계단으로 끌려갔다. 새로 공사를 한 듯 콘크리트 냄새가 나는 지하실에는 간이침대와 욕조, 천장에서 늘어뜨려진 갈고리가 있었으며, 사람 키만 한 길이의 나무판이 바닥에 놓여 있었다.

그는 욕조 앞에서 경찰인지 기관원인지 모를 남자들이 눈짓하는 대로 서둘러, 순순히 옷을 벗었다. 입안에 쑤셔박은 헝겊만 빼주면 무슨 오해가 있었다고 해명하려고 했다. 자신이 헝겊을 뱉을 수도 있었으나 그런 행동이 그들의 비위를 거스를지도 몰라 빼내주기를 기다렸다. 질문을 하면 있는 그대로 대답을 할 것이었고, 그 대답을 들은 그들이 '우리가 잘못 알았다, 미안하다'고 하면서 그를 풀어 주리라 여겼다. 그러나 그들은 말을 하지 않았다. 질문도 없었다. 헝겊을 빼주지도 않았다. 말없이, 그리고 힘 있게 주먹과 발로 그의 온몸을 때리고 찼다.

처음에는 맞은 부위에 고통이 느껴지고 계속 맞다가는 죽을지도 모른다는 공포가 닥쳤다. 하지만 땀 냄새와 피 냄새, 침묵 속에 그들의 구타가 계속되다 보니 어느 순간부터 고통이 사라지고 온몸이 노곤해지며 잠이 왔다. 입속의 헝겊은 그나마 완충재 역할을 해서 그의 이가 빠지지 않게 해주었고, 입안에 가득 찬 핏물을 조금이라도 흡수했다. 결국 그는 기절하고 말았다.

얼마나 시간이 흘렀는지도 모르는 채 이명길이 깨어나자 그들은 고문 방식을 바꾸었다. 고춧가루 탄 물을 주전자에 담아서 콧구멍으로 들이부었다. 구체적으로 심문을 하지 않는 건 여전했으므로 그는 그저 비명을 지르고 울부짖으며 살려 달라고 비는 수밖에 없었다.

그들도 어느 때는 교대를 하고 식사를 하고 낮잠을 자고 내내 켜놓은 라디오에서 흘러나오는 우스개에 낄낄거리기도 했다. 하지만 고문은 멈추지 않았다. 잠시라도 고문을 멈추는 것에 대해 직업적으로 가책을 느끼는 것 같았다.

그들은 그의 입에 새로운 재갈을 물리고 입을 묶어서 아예 말을 못하게 만들었다. 이어 그의 손목과 발목을 묶은 뒤 손목을 묶은 끈을 천장에서 내려온 갈고리에 매달았다. 다리가 땅에서 떨어져 있었으므로 그의 몸은 허공에 대롱대롱 매달리게 마련이었고 몸부림을 치면 칠수록 고문의 효과는 커졌다. 고문을 가하는 쪽에서는 힘들일 것도 별로 없지만 당하는 쪽에서는 스스로의 몸뚱이가 가진 무게에 의해 뼈가 잡아 늘여지고 관절이 빠지는 지독한 고통을 겪었다. 누구보다 자신이 원망스러워지고 무기력해지게 만들었다. 아무런 말을 하지 못하고 비명을 지르지 못한다는 게 고통이 될 수도 있음을 그는 처음 깨달았다. 그나마 인간이라는 게 조금은 느껴지는 기관원이 이런 말을 한 적이 있었다.

"여기서 너 같은 송사리 몇 놈이 죽어 나가도 아무도 몰라. 뒷문이 왜 있는 줄 아나? 조용히 시체를 끌어내려고 만든 거야."

그는 차라리 자신을 깨끗하게 죽여서 뒷문으로 끌어내 달라고 애원하고 싶었다. 그는 매달린 채 잠을 잘 수도, 기절을 할 수도 없었고 혀를 깨물어 죽지도 못했고 그 참혹한 고통과 일순간이 영겁처럼 늘어나는 시간을 견뎌낼 방법을 알지도 못했다. 살아서 모든 것을 겪어내야 했다.

그들은 그들이 목적한 바대로, 정해진 순서를 차근차근 밟아서 과정이 완결될 때까지 멈추지 않았다. 어느 순간 그들은 그를 갈고리에서 풀어 내렸다. 그는 최소한의 자유를 얻자 곧바로 혼절했다. 그의 육체가 스스로를 살리기 위해 방법을 찾아낸 것 같았다.

그가 의식을 되찾자 영양가 높은 식사가 나왔고 그는 고통과 두려움 속에서도 본능의 명령에 따라 밥을 먹었다. 혼자서 피똥을 눌 정도로 몸이 회복되었을 때 그들은 다시 그를 끌어냈다. 이전에 경험하지 못한 새로운 방식, 욕조에 물을 담고 거기에 머리를 집어넣어 익사 직전까지 몰고 가거나 얼굴에 창호지를 씌우고 미지근한 물을 천천히 부어서 입과 코에 종이가 달라붙도록 하는 고문을 하기도 했다. 맨 마지막은 입에 재갈을 물리고 손목과 발목을 묶은 뒤 갈고리에 매다는 것으로 마무리되었다. 그는 어물전에 매달린 고기처럼 묶여 있다가 풀려나 바닥에 널브러지면서 혼절했고 독방에 처박혔으며 의식이 돌아오고 감각이 어느 정도 회복되면 끌려 나가 고문을 당했다. 얼마나 시간이 흘렀는지, 자신이 어디에 왜 있는지 지각할 수 없는 상태에서 그는 처음으로 심문을 받았다. 그건 그들이 써놓은 각본을 그대로 외우는 것이었다.

"저는 간첩입니다. 죽을죄를 졌습니다. 제 아버지도 간첩이었습니다. 저는 태생부터 빨갱이고 아는 사람 모두 빨간 물을 들였습니다. 제 아들도 간첩으로 키우려고 했습니다. 죽을죄를 졌습니다."

그가 제대로 외우지 못하거나 그들의 각본에 어긋나는 해명을 하려 하면 어김없이 다시 고문이 시작되었다. 이명길은 점점 무감각한 기계처럼 변해갔다. 그러지 않고서는 살아서든 시체로든 그곳을 빠져나갈 수 없다는 것을 깨달았다. 그는 무인 포스트에 주요 정보를 담은 문건을 넣고 그곳에 있던 지령문을 꺼내 읽고 난 뒤에 소각하는 과정을 되풀이해서 훈련받았다. 그에게는 권총이나 수류탄, 무전기, 난수표, 독침 같은 물증이 없었으므로 무인 포스트 외에는 증언과 진술만으로 간첩 혐의가 확정되었다. 그의 진실한 태도와 상세한 심문 조서가 완벽하게 간첩임을 입증하고 있다는 경찰과 정보기관의 자체 평가가 내려진 뒤, 마침내 그는 햇빛을 볼 수 있었다.

검찰로 송치된 뒤에 그의 아내가 구치소로 면회를 하러 왔다.

"당신이 어떻게 우리를 이렇게 감쪽같이 속일 수가 있어? 부모 형제 일가친척과 이웃을 배신하고 나라를 배신할 수가 있어? 절대로 용서할 수 없어! 용서 못해! 그 안에서 죽어!"

그는 턱을 떨며 눈물을 흘렸다. 그는 자신 때문에 고통받을 식구들과 일가친척, 지인들과 고생한 경찰관, 정보기관 요원들에게 진심으로 사죄했다. 앞으로 감옥 속에서 죄를 참회하면서 살겠다고 말했다. 그의 아내는 평생 식구들을 볼 생각도 하지 말라고, 면회를 하는 모든 사람들이 들을 수 있을 만큼 큰 목소리로 외치고는 가버렸다.

그는 면회에 따라오지 못한 아들 앞으로 보내는 편지를 썼다.

"나는 간첩이다. 나는 자유 대한에 씻을 수 없는 죄를 지었다. 천인공노할 죄를 저지른 공산 간첩이다. 너는 나를 조금도 닮아서는 안 된다. 절대로 용서하지 마라. 나는 네 아버지가 아니고 금수만도 못한 빨갱이다."

그의 편지는 재판의 증거로 첨부되었다. 한때 그와 고기를 함께 잡으려고 부지런히 그의 집에 드나들던 여러 사람들이 경찰에 잡혀갔고, 그들 역시 다른 사람의 이름을 적어내야 했다. 그렇게 해서 '어부 간첩단 사건' 가운데 하나가 만들어졌다.

그는 국선변호인이 선임된 재판에서 징역 15년을 선고받았다. 재판 과정에서 그는 죄를 인정하고 참회한다는 말만 되풀이했다. 국선변호인은 그의 진술이 고문에서 나온 것이라고 했으나 고문의 증거는 사라지고 없었다. 그는 국선변호인이 적극적으로 변호를 하는 게 마음에 들지 않았다. 재판부의 심기를 잘못 건드려서 사형선고나 받지 않을까 겁이 났다. 형량은 대법원에서 그대로 확정되었다. 두 달 동안 고문과 심문을 받던 기간은 형량에 포함되지 않았다.

감옥으로 옮겨져 본격적으로 수형 생활을 시작하게 되자마자 그의 아내가 다시 찾아왔다. 그녀는 간첩 남편, 간첩 아버지 때문에 온 식구, 친인척이 연좌제로 고통을 받고 있다면서 이혼 서류를 내밀었다. 그는 아무 말도 하지 못하고 지장을 찍어 주었다.

그 뒤로는 누구도 그를 면회하러 오지 않았다. 편지조차 없었다. 그는 자신의 존재가 자신을 아는 모든 사람들에게 짐이 되고 삶의 오점, 암세포가 될 것임을 잘 알았다. 그는 침묵을 택했다. 침묵에 매달렸다. 누가 뭐라든 불만을 표출하지 않았고 불평하지 않았다. 먹여 주고 재워 주고 입혀 주는 것을 고맙게 생각하는 온순한 가축, 초식동물처럼 감옥이라는 체제에 순종했다.

하지만 고문의 후유증이 날로 심해졌다. 머리가 송곳으로 찌르는 것처럼 아팠다. 머리의 통증 때문에 잠에서 깨면 더 이상 잠을 잘 수가 없었다. 이따금 숨을 쉬기가 힘들었고 배를 처음 탔을 때처럼 심하게 구역질이 났고 눈앞이 빙빙 돌았다. 가끔 팔에 전기가 내린 듯이 찌릿해지고 한동안 팔을 드는 것조차 힘들었다. 감옥에서는 그런 건 병으로 취급하지도 않았다. '미친놈 발광한다'는 소리나 들었다. 결국 후유증이 그를 각성하게 했다.

그는 자신이 왜 간첩이 되었는지 스스로에게 묻고 또 물었다. 고문을 받고 간첩임을 시인했기 때문이었다. 희생양이었다. 만만했기 때문이었다. 누군가의 이익과 출세를 위해 그의 인생이 밑거름으로 쓰였던 것이었다. 고문이 그를 감옥에 처박았다. 누명을 씌우고 고문을 한 사람들은 국가를 수호했다는 명목으로 두툼한 월급봉투를 받고 사나이의 표상, 자랑스러운 아버지로 존경받고 표창까지 받았다. 처음에는 수치심이 밀려들었다. 아무것도 하지 못하고 어이없게 그들에게 굴복한 자신이 견딜 수 없었다. 좌절감이 절망과 함께 다가들었다. 그것이 분노로 바뀌는 데는 수삼 년의 세월이 필요했다.

자신의 인생을 망가뜨린 사람, 세상, 체제에 대한 증오가 끓어올랐다. 하지만 감옥 속에 있는 한 어떻게 해볼 방법이 없었다. 그는 전과 조금도 다름없이 성실하게 수형 생활을 이어나갔다. 말수는 더욱 줄어들었고 사적인 대화는 전혀 나누지 않았다. 그런 그에게 다가오는 사람도 없었다.

12년의 형기를 채운 뒤 그는 느닷없이 석방되었다. 민주화운동 투사 출신 대통령이 취임하고 남북관계가 좋아진 덕도 있었지만 모범수라서 형기가 줄어들었기 때문이었다. 그는 어리둥절해하면서도 감옥에서 나오자마자 집으로 향했다.

짐작한 대로 그의 집은 남의 집이 된 지 오래였다. 햇빛이 잘 드는 바닷가의 깨끗한 양옥, 파도가 차르르르 하고 검은 자갈에 쓸려 내려가는 소리가 자장가처럼 들리는 집인데도 간첩이 살던 집이라 해서 헐값에 팔렸고 그의 아내는 친정집으로 돌아가 버렸다고 했다. 하지만 그 친정집 역시 선주였던 장인이 죽고 나서 어디론가 이사를 가버린 뒤였다.

그는 일단 자신이 살던 집에서 이십 킬로미터쯤 떨어진 항구도시에 정착했다. 그는 자신의 거취와 행동 범위에 대해 주기적으로 관련 기관에 보고해야 했다. 바다는 여전히 그에게 먹고살 수 있는 터전이 되어 주었다. 아는 사람이 없는 도시는 그런대로 살만했고 겨우 먹고사는 것은 허용됐다. 다만 주변 사람들과 조금 알게 되고 자신이 어떤 사람인지 호기심을 나타내면 그곳을 떠야 했다. 그러니 변변한 일자리, 숙소를 찾을 수 없었다. 그는 간신히 살았다. 오직 사는 데 매달렸다.

몇 달 뒤 약간의 여유가 생겼다. 그는 자신을 간첩으로 만든 사람들을 찾아 나섰다. 자신이 소년이었을 때 같이 납북되었던 어부들은 여전히 감옥에 있거나 사망한 상태였다. 그를 끌고 가서 고문했던 경찰들은 그때의 공으로 승진했고 여러 차례 자리를 옮겼다가 퇴임하고 없었다. 정보기관의 기관원처럼 찾는 것 자체가 불가능한 사람도 있었다. 하지만 그는 포기하지 않았다. 그들과 같이 근무한 사람들, 연관이 있는 사람들을 찾아서 작은 단서라도 얻기 위해 필사적으로 매달렸다. 가족을 찾는 일은 뒤로 밀렸다.

그들을 만나면 묻고 싶었다. 자신이 그랬던 것처럼 진심으로, '내가 잘못했다'고, '사람이 그러면 안 되는 것이었다'고 하는 참회의 말을 듣고 싶었다.

그는 좌절할 때마다 혼자 폭음을 했고 술에 취해 의식을 잃지 않고는 잠들지 못했다. 나중에는 술도 별 도움이 되지 못했다. 그가 받은 고문 가운데서 가장 간단하고 효율적이었던, 천장에서 내려온 갈고리에 사람을 매달아 스스로의 몸무게로 온몸의 뼈가 엇나가게 하는 고문 방식처럼 그는 스스로의 복수심과 실현되지 않는 복수로 인한 좌절감으로 망가져가고 있었다. 두려움이 다시 그에게 열패감과 무력감을 안겼다. 그러다가 그는 우연히 문설주에 매달리게 되었다. 다리가 땅에 닿아서 기대한 효과가 나지 않자 주인집 뒤꼍의 늙은 대추나무를 이용하기로 했다. 의자 위에 올라가 짧게 자른 밧줄로 손목을 묶어 가지에 걸치고는 의자를 걷어차서 허공에 온몸을 내맡겼다. 온몸이 고무줄처럼 늘어나는 것 같았다. 관절이 빠질 듯 아파왔고 뼈저린 고통이 찾아왔다. 그는 견딜수 있을 만큼 참다가 밧줄을 끊고 아래로 떨어졌다. 그러고 나서웬일인지 달게 잠을 잘 수 있었다.

기력을 회복하고 나서 가족을 찾아 나섰다. 아이가 다녔던 학교를 찾아가서 아이가 십여 차례나 전학을 다녔다는 것을 알게 되었다. 경찰에 주소를 조회해볼 수도 없어서 아내의 친척, 친구를찾아가 수소문을 했다. 성과는 없었다. 그러던 중 그는 마침내 자신을 체포하고 고문한 경찰 가운데 가장 지독했던, 양복을 입고있던 사람을 찾을 수 있었다.

"나는 나라에서 시키는 대로 했을 뿐이오. 나라를 지키고 발전시키기 위해서 그렇게 해야 한다고 믿었기 때문에 그렇게 한 것이지 개인적으로는 댁한테 아무 감정도 없었소. 나는 지금 죽어가고있소. 당신을 언제 체포했는지 수사를 했는지 기억도 할 수 없소."

경찰은 더듬거리며 말했다. 중풍으로 폐인이 된 중환자였다.건드리면 곧 쓰러져 버릴 것 같았다. 그런 그의 앞에서 그는 과거에 철저하게 고문당하고 세뇌당했을 때의 두려움과 무기력함이살아나는 것을 느꼈다. 그들이 하는 말이 진실이고 자신은 미몽속을 헤매온 것 같았다. 허탈했다. 그는 손발을 벌벌 떨며 턱받이에 침을 흘리는 전직 경찰을 바라보았다. 상대는 흐릿한 눈으로 자신도 밤이면 밤마다 악몽을 꾸고 있다고 중얼거렸다. 그는 무능하고 무방비했다. 그의 앞을 떠나면서 이명길은 "당신을 용서하도록 애써보겠다"고 말했다. 그게 두 사람 모두에게 무슨 보탬이 되는 것도 아니라는 사실은 알고 있었다.

백주대낮에 주인집 대추나무에 대롱대롱 매달려 있는 귀신을 보았다는 소문이 돈다는 것을 알게 된 그는 연고가 전혀 없는 지방으로 이사했다. 당장의 생계가 가장 중요했다. 전과를 가진 그에게 번듯한 일거리가 주어질 리 없었다. 그는 가난했고 자주 아팠고 굶주렸다. 삶을 이어가는 일이 벅차다는 생각을 했다. 그때마다 그는 어디엔가 매달리지 않을 수 없었다. 은밀하고 인적이 없어 마음껏 매달릴 수 있는 곳을 찾아갔다.

그렇게 절망적인 상황에서 그는 아들을 떠올렸다. 아들에게 무슨 말을 할지 수첩에 적고 달달 외웠다. 한동안 거기에 매달렸다.

"사랑하고 좋아하는 아들님. 이 애비는 너에게 인생을 팔아서도 갚을 수 없는 피해를 줬습니다. 미안하고 미안합니다. 그러나 이제 옛일을 다 잊고 가족 간에 사랑하며 오순도순 살아가자꾸나. 이제부터 우리는 한식구가 되어 영원히 헤어지지 않을 겁니다. 잘 부탁합니다."

바닷가 식당에서 우연히 만난 아내의 친구로부터 아내가 다닌다는 식당의 전화번호를 입수했다. 그가 떨리는 손으로 전화를 걸자 아내가 전화를 받았다. 그는 자신이 누구인지 말을 하기도 전에 "왜 또 살아서 나타났느냐. 여러 사람 죽는 꼴을 보려느냐. 당장 약봉지 털어먹고 죽겠다"는 말을 들어야 했다. "조금이라도 미안한 생각이 있다면, 아이의 장래를 생각한다면 죽은 것처럼 가만히 있거나 영영 사라져 달라"고도 했다. 그는 알겠다고, 미안하다고 말했다. 이를 악물고 참았다. 견딜 수 없을 것 같을 때 밧줄을 쥐고 산에 올랐다.

갑자기 그의 아들이 찾아왔다. 군에서 제대했다면서 예비군복을 입고 왔다. 아버지는 연습한 말을 다 망각해 버렸다. 그냥 앉으라고 했고 배고프냐고 물었고 아들이 고개를 끄덕이자 라면을 세 개 끓였으며 달걀을 두 개 넣고 아들 몫으로 라면 두 개와 달걀 두 개가 담긴 그릇을 주었다. 말없이 라면을 먹고 난 뒤 아들은 설거지를 하고 아버지는 청소를 했다. 어두워지고 나서 부자는 허름한 잠자리에 함께 누웠다. 아들은 쉽게 잠이 들었고 그는 늦게까지 깨어 있었다.

그런 식으로 부자는 여러 날을 함께 보냈다. 아들은 젊을 때의 이명길처럼 말이 별로 없었고 설거지를 잘했으며 주변을 반짝반짝하게 청소하고 깔끔하게 정돈했다. 아버지는 할 말이 없었고 연장가방에 있는 밧줄을 꺼내 만지작거렸다.

사흘째 오후에도 밥을 같이 해서 먹고 텔레비전을 같이 보다가 웃고 어색하게 서로를 마주보았다. 갑자기 어릴 때 아들을 무동태우고 나가던 것을 떠올린 그가 벌떡 일어나서 앞장을 섰고 아들이 뒤를 따라 바다로 갔다. 누가 먼저랄 것도 없이 바다에 뛰어들었다. 아들은 아버지의 팔뚝을 잡으려다 쇠약해진 어깨를 안았다. 수영을 마치고 나서 아버지는 아들의 몸에 묻은 물을 닦아 주었다. 두 사람은 다시 숙소로 돌아가 함께 라면을 끓이고 함께 먹고 함께 설거지를 하고 함께 청소를 했다. 손발이 척척 맞았다. 그들은 함께 웃었다. 한동안 침묵이 찾아왔다. 아들은 아버지 앞에서 무릎을 꿇고 입을 열었다.

"제가 살아오면서 지금까지 단 한 번도 아버지를 그리워하지 않은 날이 없었어요. 아버지라고 불러보고 싶고 안아보고 싶고 손을 잡고 짜장면을 먹으러 가고 싶었죠. 아버지가 간첩이라는 걸 결코 믿을 수 없었어요. 학교에서 아무리 혼이 나도 뿔달린 간첩이 나오는 반공 포스터를 그린 적이 없어요. 저는 아버지가 감옥에서 영영 나오지 못할 줄 알았어요. 아버지가 풀려났다는 것을 얼마 전에 알고 탈영을 해서라도 달려오려고 했지만 어머니가 결사적으로 말리는 바람에 참을 수밖에 없었죠. 하지만 이제 제 의지로 아버지를 찾아왔어요. 제가 그동안 아버지가 간첩이라는 사실 때문에 얼마나 힘들었는지 잘 아실 거예요. 외롭고 아팠고 그때마다 아버지가 사무치게 그리웠어요. 그런데 아버지는 바보처럼 감옥에 갇혀 있기만 했죠. 하지만 이제 그런 건 상관없어요. 힘들었던 것을 되돌릴 수 없으니까요. 망쳐 버린 시간으로 되돌아갈 수는 없으니까요. 이제 아버지를 만나고 아버지라 불러보고 아버지와 함께 라면을 끓여 먹고 나니 아버지에 대해서는 더 이상 여한이 없어요. 원망도 없어요. 하지만 앞으로는 아버지를 더 보고 싶지는 않아요. 아버지하고는 더 이상 관계를 이어갈 수 없어요. 제가.아버지를 만났다는 걸 알면 어머니는 돌아가실지도 몰라요. 아버지도 저와 어머니를 깨끗이 잊고 새 출발 하시기를 바라요. 이제 우리 부자는 의절하는 겁니다. 저는 당신을 영원히 아버지로 인정하지 않을 것이고 우리 관계는 여기서 완전히 끝입니다."

그는 자신이 잘못한 걸 잘 알고 있다, 어쩔 수 없었다고 하면서 앞으로는 애비로서 못한 걸 열 배 스무 배로 잘해서 잘못을 갚을 터이니 자신을 용서해 달라고 빌었다. 만나지 않아도 좋고 아들이 원하지 않는다면 먼저 찾아가지 않겠다고 맹세했다. 하지만 아들은 완강했다. 영원히 부자의 인연을 끊는다는 내용의 각서를 내밀고 지장을 찍게 했다. 그는 결국 각서에 지장을 찍고 말았다. 그게 법적으로는 아무런 의미가 없다는 걸 두 사람 다 알고 있었다. 두 사람은 마주 앉은 채로 한참 동안 서로를 붙들고 서럽게 운 뒤에 헤어졌다.

하지만 그는 그런 식으로 영영 헤어진다는 생각은 하지 않았다. 언젠가는 오해를 풀고 형편이 좋아지면 만날 수 있을 것이라 믿었다. 아들을 만나기 위해서라도 죽어라 일을 하는 수밖에 없었다. 어떻게든 살아남아야 아들을 만날 수 있었다. 아들이 못 견디게 보고 싶을 때마다 그는 낚시의자를 들고 뒷산에 올랐다. 묵은 참나무에 밧줄을 걸었다. 매달려 있었다.

그로부터 십여 년의 세월이 흘러갔다. 억울하게 간첩 누명을 쓰고 복역한 사람들이 변호사들의 조력을 받아 사법부에 재심을 청구해 무죄 선고를 받아냈다. 그 역시 그렇게 할 수 있었다. 그는 자신과 같은 처지에 있는 사람들이 지난 세월에 대한 보상을 받기 위해 국가를 상대로 민사소송을 제기하고 있다는 것을 알게 됐다. 몇 년에 걸쳐 법정투쟁이 진행되었고, 그들 각자의 행복과 고통을 보상하기에는 턱없이 미치지 못하지만 자그마한 집을 장만하고 식구들과 함께 오순도순 살 수 있을 정도의 보상을 받아내게 됐다는 말을 변호사에게서 들었다. 그 말을 듣자마자 그는 맨 먼저 자신의 아들을 찾아갔다.

변호사가 경찰을 통해 알아낸 아내의 식당 주소를 들고 그는 고향에서 백 킬로미터쯤 떨어진 낯선 도시의 버스터미널에 들어섰다. 뜻밖에도 그의 아내가 마중을 나와 있었다. 그녀는 가방에서 바스러져가는 누런 빛깔의 공책을 꺼내 그에게 건넸다.

"당신의 훌륭한 아들은 십 몇 년 전에 벌써 돌아오지 못할 먼

길을 떠났소. 당신한테 받은 각서를 품에 넣고 다리에서 뛰어내렸어. 나를 볼 생각도 하지 않고, 나를 보면 맘이 바뀔까봐서."

공책에는 아들이 단정하게 눌러쓴 글씨가 박혀 있었다.

"저를 낳고 키워 주신 어머니, 그리고 세상에서 가장 사랑하고 존경하는 아버님께. 두 분 모두 고맙고 감사해요. 저를 여기까지 오게 해주신 은혜를 영원히 잊지 못할 거예요. 하지만 저에게는 더 이상 삶을 이어갈 힘이 남아 있지 않네요. 두 분을 이 험한 세상에 두고 저 먼저 비겁하게 도망갑니다. 미안해요, 엄마. 사랑해요, 아빠. 안녕, 안녕히. 불효자 철민이가."

아들이 투신했다는 다리 아래로 가서 다시 한번 공책의 내용을 읽고 난 그는 어깨에 메고 있던 연장가방을 열었다. 거기에는 손에 익은 연장과 밧줄, 드라이버, 커터 같은 게 들어 있었다. 그는 밧줄을 꺼내 왼쪽 손목을 묶고 반대편으로는 올가미를 만든 뒤 다리 아래의 느티나무로 다가갔다. 나무 곁의 바위에 올라선 그에게 늙은 느티나무는 낮고 튼튼한 가지를 내주었다. 그는 나뭇가지에 끈을 던져 올린 뒤에 내려온 끈의 올가미 속에 오른쪽 팔목을 집어넣었다. 한순간 그의 몸이 휘청, 하고 들렸다. 공중에 뜬 채로 그는 미동도 하지 않았다. 몸부림칠수록 고통이 커진다는 것을 뼈저리게 잘 알고 있었다.

작가의 말

* * * *

성석제

어떤 자리에서 충격적인 이야기를 들었다. 일각수의 껍질처럼 둔감해진 마음에 뜻 모를 문장이 새겨지는 것 같았다. 막상 사실관계를 살펴보니 처음 이야기를 들었던 것과 실제의 상황은 조금 달랐다. 하지만 그것은 이미 나를 바꾸고 뒤섞어 버린 상태였다. 어린 시절부터 내게 각인되어 삶의 일부가 된 가치판단의 기준이 허물어졌다. 누구의 편을 드는 게 아닌, 있는 그대로의 모습을 그려보자고 생각했다. 물론 글로 표현되는 순간, 사실은 본질과 달라지게 마련이다. 그것까지 인위적인 노력이나 기술로 꾸미지 말고 드러내자고 결정했다. 결과적으로 내가 이 소설로 이야기한 것은 이 세상에 없던 일인지도 모르겠다. 무엇보다 사실과 현실이 가진 진실의 힘에 미치지 못할 수밖에 없으리라. 그러면서도 원래 있었던 그 일과 그에 관련되어 뼈저린 아픔과 애끓는 슬픔을 겪은 사람들을 환기하게 하는 것, 그게 소설이 존재하는 이유인지도 모르겠다고 생각했다.

나
이
트
버
스

—

정
용
준

용인행 광역버스가 종점까지 다섯 정거장을 남겨 놓고 국도변에 정지한 시각은 새벽 열두 시 삼십 분이었다. 비상등을 켜고 정차한 빨간색 버스의 배기구에서 연기가 피어올랐다. 기사 박순명은 승객이 다 빠져나간 버스의 텅 빈 내부를 둘러보며 말했다.

아무도 없나요?

묘석처럼 꼿꼿하게 서 있는 서른아홉 개의 좌석은 비어 있었다.

아무도 없군요, 라고 중얼거리며 운전석에 털썩 소리를 내며 앉은 박순명의 가슴이 초조와 불안으로 쿵쾅거렸다. 예정보다 늦어졌다. 돼지를 실은 화물트럭이 사거리 한복판에서 전복되는 바람에 돼지들이 도로와 인도를 뛰어다녔다. 백 미터 앞이 고속도로 출구인데 버스는 그 앞에서 사십 분이나 서 있어야 했다. 박순명은 실내등과 번호판의 불을 모두 끄고 핸들을 오른편으로 틀어 노선을 벗어나 고속도로로 진입했다. 종점 근처에서 내릴 사람은 없고 탈 사람도 없을 것이므로 조금이라도 시간을 단축하겠다는 마음이었다. 버스는 톨게이트를 지나 전속력으로 달렸다. 박순명은 액셀레이터를 깊숙하게 밟으며 누군가에게 전화를 걸었다.

늦을 것 같아. 돼지가…… 아니, 아니, 지금 말하긴 복잡해. 모르겠어. 모르겠다고. 최대한 빨리 갈 테니까. 기다려. 기다리라고!

박순명은 신경질적으로 전화를 끊고 구두를 벗었다. 담배를 한 대 입에 물고 창을 열었다. 마침내 오늘이다. 준비는 끝났고 지침은 하달되겠지. 윤 선생은 어떤 결정을 내렸을까. 나는 어떤 일을 맡게 되는 걸까. 그는 눈을 가늘게 뜨고 헤드라이트가 비추는 아스팔트를 멍하게 바라봤다. 그때 뭔가가 어깨를 툭 건드렸다. 처음엔 무시할 정도로 가벼운 터치였다. 박순명은 반응하지 않았다. 하지만 두 번째 터치는 달랐다. 분명 누군가의 손이 어깨를 미는 느낌이었다. 어둠 속에서 누군가 말했다.

저기요.

박순명은 소리를 지르고 브레이크를 밟았다. 백이십 킬로미터로 달리던 버스가 좌우로 휘청거리며 팔십 킬로미터로 감속했다.

따라오던 승합차가 신경질적으로 하이빔을 쏘아대며 경적을 울린 뒤 추월해 지나갔다. 등 뒤에 누군가 있었다. 박순명은 떨리는 목소리로 물었다.

누, 누구요?

내려 주세요.

박순명은 흘낏 뒤를 돌아봤다. 어둠 속에 버스카드를 들고 있는 손이 보였다. 내리지 않은 승객. 분명 아무도 없었는데. 어찌된 영문일까. 쇠뭉치로 뒷머리를 가격당한 듯 박순명은 순간 현기증을 느꼈다. 버스는 졸음 방지 쉼터에 정차했다. 박순명은 더듬대며 말했다.

다 내린 줄 알았는데요.

남자는 귀에서 이어폰을 빼내며 말했다.

엎드려 잤어요.

둘은 좁고 어두운 통로에 서서 서로를 바라봤다. 달리는 트럭이 버스 내부에 라이트를 비췄다. 박순명은 빠르게 남자의 모습을 살폈다. PEACE라는 흰 글자가 프린트된 검은색 티셔츠를 입고 있었고 왼쪽 어깨엔 기타를 멨다. 머리는 반쯤 탈색됐고 오른쪽 귓불에 건포도 같은 까만 귀걸이를 하고 있었다. 취한 듯 눈은 반쯤 풀려 있었고 몸에선 술냄새가 났다. 박순명은 한 손으로 운전석을 짚고 지금 이 사태를 어떻게 해결해야 할지 생각했다. 십 분만 더 가면 휴게소다. 그곳이 첫 번째 접선 장소다. 멤버들을 만날 것이고 지체 없이 다음 장소로 이동해야 한다. 그런데 여기는 고속도로다. 유턴할 수 없고 되돌아갈 시간도 없다. 일찍 알았다면 중간에 아무 톨게이트나 빠져 나와 방법을 찾았을 테지만 지금은 답이 없다. 죽여 버릴까? 박순명의 복잡한 계산을 뚫고 날카로운 생각이 스쳤다. 그러나 그는 곧 어금니를 깨물며 고개를 가로저었다. 아니. 그럴 순 없다. 블랙박스. 남자의 교통카드 내역. 휴대폰 위치 추적 등등. 언뜻 생각해도 그것은 무리다. 남자가 주변을 두리번거리며 물었다.

그런데 여기가 어디예요?

음…… 일단 자리에 앉으세요. 바로 앞이 휴게소니까 거기서 이야기합시다.

휴게소요?

갑자기 남자는 입을 가리고 버스에서 내렸다. 가드레일을 넘어 관목 사이로 급히 달려갔다. 이윽고 토하는 소리가 들렸다. 그 모습을 황망한 표정으로 지켜보던 박순명은 정신이 든 듯 급히 김기준에게 문자를 보냈다.

십 분 뒤 도착. 승객 한 명이 내리지 않음. 대처 방안을 모색할 것.

남자가 비틀거리며 돌아왔고 버스는 출발했다. 컴컴한 도로를 달리는 박순명의 마음이 복잡했다. 일생일대 절체절명의 위기. 박순명은 자기 자신이 너무 미워 입안을 깨물었다. 난데없이 귓속에서 이상한 소리가 들렸는데 우웩우웩 토하는 소리인지, 꾸익꾸익 울부짖는 돼지 소리인지 구분하기는 어려웠다.

휴게소에 도착하자마자 박순명은 버스에서 내렸다. 두 사람이 버스 쪽으로 접근하고 있었다. 박순명은 그들에게 달려가 전복된 돼지 트럭부터 내리지 않은 승객까지 느닷없이 꼬여버린 현 상황을 빠르게 설명했다. 이나강은 팔짱을 끼고 들었고 김기준은 수첩에 뭔가를 적은 뒤 승객을 어떻게 할 건지 물었다. 박순명은 답하지 못했고 이나강은 다짜고짜 언성을 높였다. 박순명은 흥분한 이나강의 손목을 강하게 잡고 다급한 목소리로 말했다.

지금은 그런 이야기를 할 때가 아니야. 내가 시간을 끌어 볼 테니까. 어떻게든 대책을 마련해. 알았어?

이나강이 무슨 말을 하려 했지만 박순명은 몸을 돌려 의아한 표정으로 두리번거리고 있는 남자 쪽으로 걸어갔다.

이거…… 어떻게 설명해야 할지…… 용인에서 꽤 멀리 와버렸네요.

남자는 어이없다는 듯 허, 소리를 내며 주위를 둘러봤다. 밤의 휴게소는 묘했다. 오 미터 앞이 보이지 않을 정도로 안개가 자욱

했고 넓은 주차장엔 차가 몇 대 없었다. 엔진을 끄지 않은 버스의 헤드라이트가 쏘는 불빛이 커다란 두 개의 광선처럼 보였다. 물속 같기도 했고 해무가 낀 바다 한가운데 같기도 했다. 남자는 몽환적이고 낯선 느낌에 순간 한기를 느끼고 몸을 떨었는데 술이 깨고 있는지 취해서 그런지 분간이 되지 않았다.

그런데 버스는 어디로 가고 있어요?

경주.

경주요?

그때 누군가 끼어들었다.

누구셔? 새로운 멤버신가? 안녕하세요. 여행 가이드 김기준입니다.

남자는 얼결에 김기준의 손을 잡았다.

여행 가이드요?

기사님께 말씀 못 들으셨어요?

새벽에 떠나는 여행입니다. '나이트버스'라고 부르지요. 낮에 여행 갈 시간이 없고, 밝은 게 싫고, 사람들이 많이 모이는 것도 싫은 사람들이 주로 이용해요.

김기준은 영업하는 사람처럼 높은 음성으로 쾌활하게 말했다. 남자는 황당한 얼굴로 박순명을 바라봤다. 박순명 역시 황당하기는 마찬가지라 무슨 말을 해야 할지 몰라 잠시 멍하게 있다가 김기준의 진지한 얼굴을 보고 장단을 맞췄다.

네. 저와 저쪽에 서 있는 사람은 나이트버스 멤버들이에요. 그러니까 우리는 지금 관광버스를 타고 경주로 여행을 가는 길인 거죠.

박순명은 당황한 남자 쪽으로 몸을 붙이고 곤란한 표정으로 속삭였다.

실은 말일세. 요즘 경기가 어려워서 일과가 끝난 후 이렇게 투잡을 뛰고 있다네. 그러니까 지금은 광역버스 기사가 아니고 관광버스 기사인 셈이지.

남자는 아아, 입을 벌리고 소리 없이 고개를 두어 번 끄덕였다. 박순명은 고개를 푹 숙인 채 남자의 손을 붙잡고 말했다.

면목 없고 미안하네만…… 비밀로 해주면 안 되겠나. 이 일이 알려지면 난 회사에서 잘리고 말 거야.

기사의 손은 거칠었다. 남자는 손만 잡아 봐도 딱 알 수 있었다. 얼마나 오랫동안 반복해서 운전대를 잡았을지. 기타를 치는 남자의 왼손가락에도 돌멩이 같은 굳은살이 박여 있었기 때문이다. 한 번의 악수였을 뿐이지만 남자는 기사의 손에서 어떤 동질감과 숭고함을 느꼈다. 남자는 붙잡힌 손을 두 손으로 감싸며 말했다.

걱정하지 마세요. 무슨 사정인지는 모르겠지만 저 그런 거 고발하고 일러바치는 쪼잔한 성격 아닙니다. 그나저나 열심히 사시네요.

박순명은 곧 울 것 같은 남자의 촉촉한 두 눈을 바라보며 한 고비 넘겼다고 생각했다. 긴장이 풀려 금방이라도 다리에 힘이 풀리려고 했다. 내리지 않은 승객이 있다는 걸 알았을 때 모든 게 끝난 것 같았지만 죽으라는 법은 없구나. 다행스럽게도 승객이 바보라니. 박순명은 어쩌면 이 위기를 잘 넘길 수 있을지도 모른다는 희망을 품었다.

고맙네. 나는 박순명이네. 자네 이름은 뭐지?

폴리예요.

폴리?

저는 가수입니다. 아직 인디지만.

남자는 흐트러진 머리카락을 손으로 두어 번 쓸고 헛기침을 두어 번 하며 목소리를 가다듬었다.

폴링슬로우우리를 줄여서 폴리라는 이름을 지었어요. 《원스》 안 봤어요?

폴리가 영어로 뭐라고 흥얼거리기 시작했다. 박순명은 한가하게 노래나 듣고 있을 순 없어 다시 한번 손을 붙잡으며 말했다.

그래. 그래. 폴리. 고맙네. 고마워. 그러면 말일세.

박순명은 바둑판에서 결정적인 마지막 한 수를 두는 심정으로 말했다.

이것도 인연인데…… 오늘 여행에 동행하지 않겠나?

폴리는 선뜻 대답을 못하고 서 있었다. 마음이 내키지 않는다거나 싫은 것은 아니었다. 그저 너무 느닷없는 일을 겪어서 혼란스러웠다. 게다가 경주라는 지명이 주는 아득함이 있었다. 폴리는 주위를 둘러봤다. 피곤에 찌든 중년의 운전기사가 자신의 손을 잡고 간절한 표정을 짓고 있었고 처음 보는 두 사람도 뚫어지게 자신을 바라보며 대답을 기다리고 있었다. 만약 싫다고 하면 기사님은 나를 용인까지 태워 줘야 하겠지. 그러면 다른 사람들은 여행을 가지 못하게 되겠구나. 기사가 없으니 나이트버스는 운행하지 못할 테고. 폴리는 결심했다. 크게 웃으며 왼손으로 박순명의 어깨를 툭툭 친 뒤 오른손으론 자신의 왼쪽 가슴을 두 번 툭툭 쳤다.

좋아요. 저 원래 야행성이라 밤에 잘 안 자요. 하지만 경주라니요. 뜬금없지만 멋지네요.

고맙네. 고마워. 그리고 이게 아무래도 불법이라. 비밀로 해줬으면 좋겠어. 특히 휴대폰으로 연락하면 안 될 것 같아. 위치가 남거나 그러면 내 입장이 곤란해지거든. 혹시 가족들에게 연락했나?

아뇨. 폰은 저녁부터 꺼져 있었어요. 배터리 없거든요.

폴리는 보란 듯이 박순명의 눈앞에서 배터리를 분리했다. 그리고 주문을 외우듯 나이트버스, 나이트버스, 중얼거리며 버스를 향해 뚜벅뚜벅 걸어갔다. 박순명은 비로소 길게 숨을 내쉬었다. 식도를 막고 있던 돌멩이 하나가 쑥 내려가는 것 같았다. 곁에 있던 김기준과 이나강도 최악의 상황은 모면했다는 안도감에 꽉 쥐었던 손을 풀었다. 그들은 버스에 올라탔다. 폴리는 기타를 메고 뒷좌석 중앙에 탔고 김기준과 이나강은 앞자리에 탔다. 폴리가 끝에서 소리쳤다.

그런데 멤버들은 이게 다인가요?

김기준은 앉은 자리에서 목을 빼고 뒤를 돌아보며 소리쳤다.

아뇨. 가는 길에 몇 분 더 타실 겁니다.

이나강은 어처구니없다는 표정을 하며 고개를 저었다.

뭐? 여행? 나이트버스?

박순명은 출발하기 전 뒤를 돌아봤다. 김기준과 이나강이 금방이라도 자신을 죽일 것 같은 얼굴로 노려보고 있었다. 박순명은 그들의 시선을 모른 체하고 고개를 돌려 시동을 걸었다.

새벽 한 시. 박순명, 김기준, 이나강, 그리고 불청객 폴리를 태운 나이트버스가 경주를 향해 출발했다. 박순명은 액셀러레이터를 밟고 차선을 바꿀 때마다 물속으로 들어가는 심정을 느꼈다. 다시는 육지로 돌아가지 못하겠지. 어쩌면 내 삶은 오늘부로 소각될지도 모른다. 후회는 없다. 아쉬움이나 미련 같은 것도 없다. 끝도 없는 기다림의 나날들. 오늘로 끝낼 것이다. 박순명은 버스를 일차선으로 옮겨 속력을 최대한 끌어올렸다. 이나강은 고개를 돌려 뒷좌석을 슬쩍 봤다. 폴리는 창에 이마를 대고 바깥을 보고 있었다. 어린아이 같은 무모한 흥분이 깃든 천진난만한 얼굴이 불길해 보였다. 이나강은 인상을 찌푸리며 허벅지와 종아리를 주물렀다. 그는 사설업체에서 개인 경호 일을 하는데 초저녁까지 담당 고객과 산을 타야 했다. 이나강은 목소리를 잔뜩 누르고 짜증이 깃든 목소리로 김기준에게 말했다.

속이는 게 다가 아니잖아. 저 새끼를 어떻게 해야 하지?

김기준은 멤버들에게 보낼 문자를 작성하고 있었다. 이렇게 쓰고 저렇게 써도 이 상황을 짧고 적절하게 설명할 문장이 떠오르지 않았다. 김기준은 이나강의 뒤통수를 때리며 말했다.

나도 몰라. 사고 친 놈이 수습하겠지.

김기준은 잠깐 고개를 들어 박순명의 뒤통수를 노려봤다. 이나강은 짜증을 내며 이마를 창가에 탁 부딪쳤다.

아아. 자꾸 짜증나는 일만 생기네. 늙은이랑 등산 갔다 온 것도 열받아 죽겠는데.

이번에 맡은 사람 괜찮다고 하지 않았어?

몰라. 거지 같아. 노인이 늙었으면 빨리 죽어야 할 것 아냐. 그런데 안 죽으려고 매일처럼 뛰어다니고 등산하니까 미칠 노릇이야.

그때 폴리가 중간쯤 걸어와 말을 걸었다. 김기준과 이나강은 화들짝 놀라며 뒤를 돌아봤다.

심심한데 음악 좀 틀어 주세요.

박순명은 당황하며 김기준을 봤다.

아아. 음악. 그래요. 음악. 들어요. 들읍시다.

김기준은 운전석 옆에 있는 수납공간을 뒤졌다. 휴게소에서 구입한 것으로 보이는 믹스테이프가 있었다. 플레이 버튼을 누르자 뽕짝이 흘러나왔다. 노래는 심수봉의 〈그때 그 사람〉인데 빠르고 산만한 쿵짝쿵짝 비트에 웬 느끼한 남자가 근본을 알 수 없는 바이브레이션을 넣으며 열창하고 있었다. 폴리는 인상을 찌푸렸다.

다른 건 없어요?

김기준은 박순명을 쳐다봤다. 박순명은 미안한 얼굴로 말했다.

이것밖에 없는데.

폴리는 불만스러운 얼굴로 입술을 쭉 내밀었다. 김기준은 아이를 달래듯 부드러운 목소리로 말했다.

나이트버스는 일반 관광버스랑 달라서 조용히 가는 것을 좋아해요. 멤버들도 조용하고 소심해서 대화하는 것도 좋아하지 않죠.

알겠어요.

폴리는 휘적휘적 팔을 흔들며 자리로 돌아갔다. 지루한 얼굴로 내내 뚱한 표정을 짓다 케이스에서 기타를 꺼내 스케일 연습을 했다. 어두컴컴한 버스 안에 일정한 리듬으로 상승하고 하강하는 아르페지오 음이 동기동기 울려 퍼졌다. 이나강은 김기준의 귓가에 속삭였다.

이따 차 바꿔 탈 때 버리고 갑시다. 아니면 그냥 죽이든가.

김기준은 이나강의 이마를 손바닥으로 탁, 소리 나게 때렸다. 그리고 박순명을 노려보며 목소리를 꽉 누르며 속삭였다.

내가 이번 일 절대로 그냥 넘어가지 않을 거야. 알았어?

박순명은 아무 대꾸 없이 오른쪽 깜빡이를 켰고 핸들을 오른쪽으로 서서히 틀었다. 버스는 여주 분기점을 지나 경주 방향으로 진입했다.

버스는 선산휴게소에 정차했다. 두 명이 더 탔다. 두부공장에 다니는 우선진과 골프장에서 캐디 일을 하고 있는 강심봉였다. 그들은 김기준에게 이미 연락을 받은 터라 별다른 동요 없이 버스에 올라탄 뒤 눈짓으로 김기준과 이나강에게 알은체를 하고 뒷좌석을 흘낏 쳐다본 뒤 중간쯤에 각각 멀찍이 떨어져 앉았다. 둘은 몹시 피곤해 보였다. 그들은 버스가 출발하자마자 약속이라도 한 듯 말도 않고 고개를 숙이고 있다가 이내 잠이 들었다. 폴리는 새로운 멤버들이 차에 타자마자 잠을 자는 게 이상했다. 여행이라고 하지 않았나. 물론 일을 마치고 새벽에 차를 탔으니 당연히 피곤할 테지만 그래도 일부러 멀리까지 여행 가는 사람들이라고 하기엔 그들의 태도는 너무 건조하고 차분했다. 처음엔 나이트버스라고 해서 뭔가 신나고 대단한 일이 일어날 거라고 생각했는데 이건 퇴근버스라고 해야 어울릴 만큼 싱겁고 무료했다. 폴리는 심심한 마음에 대화라도 할 겸 김기준의 뒷자리로 왔다. 김기준과 이나강은 긴장하며 허리를 꼿꼿이 세웠다. 폴리가 말했다.

그런데 휴게소에서 사람들이 어떻게 타는 거예요?

아, 여기는 환승 휴게소라서요.

환승이요? 고속도로에도 그런 게 있군요. 그런데 저기 이 여행이요. 관광이라면서 분위기가 왜 이래요? 너무 처져요. 다들 잠만 자고 말도 안 하고.

김기준은 난감한 얼굴로 말했다.

방금 전에도 말했지만 나이트버스는 일반적인 관광과는 성격이 달라요. 관광객들이 일단 조용하고 무리 짓는 것도 안 좋아해서 뭘 같이 하려고 안 해요. 같은 버스에 타서 함께 떠나지만 혼자 가는 것과 다를 바 없다 해야 할까요. 그런데 이게 다른 여행과는 다른 매력이 있어요. 각자 생각할 시간도 있고 귀찮게 구는 사람도 없거든요. 진정한 의미의 여행이랄까⋯⋯. 그래도 경주에 도착하면 분위기가 좀 달라질 겁니다. 기다려 보세요.

음…… 얼마나 남았어요?

김기준은 폴리의 질문을 똑같이 박순명에게 했다.

얼마나 남았어요?

박순명은 답했다.

중간에 국도로 빠져서 차 갈아타고 몇 명 더 태워야 하니까. 넉넉히 한두 시간 정도.

폴리는 한숨을 푹 쉬었다.

알았어요.

그리고 주위를 둘러보며 죽은 듯 자고 있는 이들을 바라보며 생각했다. 세상엔 참 이상한 사람들이 많구나.

버스는 대구를 지나 국도로 빠져나왔고 십 분쯤 달리다 화물트럭들이 늘어선 산업도로 한 가운데에 멈춰 섰다. 박순명이 말했다.

차를 갈아타겠습니다.

사람들은 아무 말도 없이 차에서 내렸다. 폴리는 어리둥절한 얼굴로 그들을 따라 내렸다. 버스 옆엔 낡고 작은 25인승 소형 버스가 서 있었다. 엉거주춤 서서 탑승을 고민하는 폴리의 어깨를 만지며 김기준이 말했다.

실은 이게 진짜 나이트버스랍니다.

버스가 국도에 들어섰다. 고속도로와는 확연히 다른 느낌이었다. 도로엔 가로등과 표지판이 거의 없었고 주변엔 마을도 건물도 보이지 않았다. 길은 좁고 구불구불했고 노면이 고르지 않아 심하게 덜컹거렸다. 창문 너머를 바라보던 폴리는 자신이 더 이상 신나거나 즐겁지 않다는 것을 깨닫기 시작했다. 까만 뒤통수들. 사람들은 죽은 듯 아무 움직임이 없었다. 그는 정체불명의 긴장감을 느끼고 침을 삼켰다. 새벽 두 시 반. 이름 모를 소읍의 어느 주민 센터 앞에서 버스는 멈춰 섰다. 앞문이 열렸고 희미한 미등이 켜졌다. 폴리는 불안한 마음으로 입구를 봤다. 위아래로 까만 트레이닝복을 입고 무늬가 없는 잿빛 모자를 깊숙이 눌러쓴 젊은 사내가 올라탔다. 조준이었다. 그는 버스에 타자마자 왜 이렇게 늦게 왔느냐며 짜증을 냈다. 뒤이어 커다란 그림자가 조준을 따라 버스에 올라탔다. 개였다. 그 순간 김기준과 이나강, 그리고 박순명은 동시에 자리에서 일어났다. 이나강은 조준의 앞을 가로막으며 말했다.

뭐야.

조준은 모자를 벗어 의자에 내리치며 소리쳤다.

몰라요. 몰라. 저도 어쩔 수 없었어요.

큰 잘못을 저지른 뒤 자책하며 스스로에게 분노하는 이들이 갖는 과장된 몸짓으로 조준은 머리를 헝클이고 손바닥으로 얼굴을 벅벅 문질러댔다. 이나강은 조준을 물끄러미 바라보며 낮은 음성으로 다시 물었다.

뭐냐고.

조준은 풀 죽은 목소리로 더듬거리며 말했다.

요즘 심부름센터에서 알바를 하고 있는데요. 오늘 의뢰받은 일이 좀 꼬였어요. 개를 맡아 달라는 거였는데 약속된 시간이 지났는데 주인이 연락도 없고 전화도 안 받는 거 있죠? 아아. 처음엔 쉬운 일 맡았다고 좋아했어요. 그냥 여기저기 개를 데리고 다니면서 시간 보내고 적당히 놀아 주기만 하면 되는 일이었으니까요. 그런데 글쎄. 아, 씨팔.

조준은 통로에 멀뚱히 앉아 있는 개를 손가락으로 가리키며 크게 소리쳤다.

얘 주인이 잠수를 탄 거예요. 그러더니 오늘 집에 못 들어온다고 하룻밤만 더 같이 있어 달라는 거 있죠? 말이 돼요? 제가 진짜 절대로 그것은 안 된다고 수도 없이 말했거든요. 문자도 보내고 전화도 걸었는데. 존나 빡치게. 전화기가 꺼져 있는 거 있죠? 하아…… 진짜 주인이라는 사람들이 그러면 안 되는 거 아니에요? 안 그래요?

조준은 억울하다는 듯 사람들을 번갈아 쳐다보며 말했다. 이나강은 조준의 턱을 손으로 붙잡고 고정시켜 눈을 딱, 마주치며 싸늘한 목소리로 말했다.

뭐냐고.

조준이 거의 울 것 같은 목소리로 말했다.

그럼 어떻게 해요. 거리에 버리고 와요? 얜 몸집만 컸지 강아지예요. 순해서 짖지도 못하고 고양이 새끼만 봐도 무서워서 주눅이 드는 애라구요. 혼자 두면 아무거나 다 집어 먹어서 탈이 나거나 차에 치일지도 몰라요. 느려 터져서 빨리 움직이지도 못하거든요. 그리고 나쁜 사람들이 데리고 가면 어떡해요? 그리고. 그리고. 계좌로 돈도 이미 받아 버렸고. 그러니까 좀 봐주세요. 걱정 말아요. 보시다시피 순하고 멍청해서 아무 문제없을 거예요. 아니면 제가 윤 선생님께.

알았어요.

김기준이 조준의 말을 끊었다. 곁눈질로 뒷자리에 앉은 폴리를 슬쩍 쳐다보며 말했다.

알았으니까 그만 말 하고 자리에 앉아요. 자리도 많은데 같이 여행하면 되죠.

조준의 손에 이끌려 개가 통로에 들어섰다. 엄청나게 큰 개였다. 두 발로 일어서면 웬만한 성인 남성보다 키가 클 것 같았다. 시베리언 허스키나 맬러뮤트 쪽인 것 같은데 뭔가 다른 큰 개의 피가 섞인 듯 덩치만 컸지 날렵한 맛이 없었고 눈빛이나 표정엔 썰매를 끄는 개 특유의 날카로움과 영민함이 전혀 보이지 않았다. 그저 밥만 잘 먹는 개처럼 보였다. 조준은 개를 창 쪽으로 앉힌 뒤 우선진과 강심봉에게 인사했다.

제가 잘 데리고 있을게요. 말도 잘 듣고 착해요.

강심봉은 아무 반응을 보이지 않고 고개를 돌려 창밖을 봤고 우선진은 손을 뻗어 개의 머리를 쓰다듬었다. 개가 우선진의 손가락과 손바닥을 핥았고 우선진은 말없이 미소 지었다. 조준은 고개를 돌려 뒷좌석에 앉은 폴리와 눈을 마주쳤다. 폴리는 무의식적으로 고개를 까딱 숙이며 인사했다. 조준은 손을 흔들며 김기준에게 말했다.

저분이 그분이세요?

김기준이 조준의 손을 잡아끌며 말했다.

늦었어요. 빨리 출발합시다.

박순명은 낮게 한숨을 쉬며 시동을 걸었다. 그 순간 개가 자리에서 벌떡 일어나더니 두 번 짖었다. 덩치에 걸맞은 큰 소리였다. 강심봉은 깜짝 놀라 어머, 라고 소리를 질렀다. 조준은 개의 입을 막고 자리에 앉히며 말했다.

죄송해요. 누님. 얘 이름이 출발이에요. 훈련을 받았는지 이름을 부르면 짖더라구요.

강심봉은 겉옷으로 얼굴을 감싸고 차창에 머리를 갖다 대며 중 얼거렸다.

진짜 개판이네.

얼굴이 빨갛게 변한 이나강은 김기준의 귀에 입술을 대고 중얼 거렸다.

이게 지금 뭐야. 기타 치는 새끼랑 냄새 나는 개새끼랑 당장 버 리자.

김기준은 눈을 흘기며 입술에 검지를 댔다. 이나강은 김기준의 손을 뿌리치며 눈을 부릅떴다.

도착하면 윤 선생에게 뭐라고 할 거야?

김기준은 고개를 돌려 한참을 말없이 도로만 바라봤다.

나도 몰라.

경주에 도착한 시각은 새벽 네 시 사십오 분이었다. 버스는 신 문왕릉 앞에 멈춰 섰다. 왕릉엔 사람은커녕 길고양이 한 마리도 보이지 않았다. 황무지에 아무렇게나 던져진 돌멩이들처럼 나이 트버스 멤버들은 커다란 무덤 앞에 여기저기 흩어져 겉돌았다. 출 발이만 신이 나 혀를 빼고 헉헉거리며 뛰어다닐 뿐이었다. 폴리는 기타를 껴안고 왕릉 앞 작은 계단에 앉아 사람들을 지켜보며 분위 기가 좋아지길 기다렸다. 김기준과 이나강, 박순명은 폴리의 행동을 주시하며 작은 소리로 이야기를 나누었다.

작전 취소해야 하는 거 아냐? 오늘 모임은 파투 난 거야. 그럼 다음으로 미루자고? 날짜를 어떻게 또 잡아? 저 새끼 가만히 둬도 되는 거야? 우리 얼굴도 다 봤잖아. 이미 다른 데 연락했을 수도 있어. 배터리 없다고 했어. 그걸 어떻게 믿어. 그냥 잠시 기절을 시키거나 어디에 버리고 오면 안 될까? 그럴 거면 차라리 죽여야지. 말도 안 되는 소리 좀 하지 마. 그러다 저 새끼가 눈치채면? 윤 선생에게 연락은 했어? 했어. 뭐래? 답이 없어. 아…… 모르겠다. 엉망진창이야. 정말.

강심봉이 그들 사이로 걸어왔다. 피곤하고 히스테릭한 얼굴의 그녀는 냉정하고 싸늘한 눈으로 한 명씩 쳐다봤다. 강심봉과 눈을 마주치면 다 고개를 돌렸다. 폴리가 출발이에게 정신이 팔려 있는 틈을 타 강심봉은 이나강의 정강이를 걸어찼다. 이나강은 짧게 신음하며 자리에 주저앉았다. 김기준과 박순명은 반사적으로 한 발 물러섰다. 강심봉은 말했다.

누가 이 상황을 알기 쉽게 설명해봐.

아무도 말하지 않았고 누구도 강심봉을 똑바로 쳐다보지 못했다. 강심봉은 김기준을 노려보며 말했다.

몇 시간 뒤에 다시 출근해야 하는데 내가 관광하고 밤에 산책이나 하려고 여기까지 온 줄 알아? 야! 오늘 모임이 소풍이야? 장난해?

김기준은 두 손을 앞으로 공손하게 모으고 고개를 푹 숙였다. 강심봉은 답답한 듯 한숨을 길게 내쉬고 흘러내린 머리를 뒤로 질끈 묶은 뒤 담배를 꺼냈다. 이 모습을 나무 밑에서 지켜보던 우선진이 절룩거리는 이나강을 나무 뒤로 조용히 불렀다. 우선진은 차분한 목소리로 이나강의 귓가에 속삭였다.

화 안 낼 테니까 저 피쓰가 왜 여기에 있는지 구체적으로 말해 봐.

폴리는 기타를 내려놓고 출발이의 목을 껴안고 부드럽게 어루만지고 있었다. 조준은 자신의 아이를 예뻐해 주는 사람을 보는 마음으로 그 모습을 흐뭇하게 바라봤다. 이나강은 폴리가 버스에 타게 된 배경과 버스가 나이트버스로 바뀌게 된 이유를 두서없이 설명했다. 그리고 자신은 이 상황이 말이 안 된다고 생각해서 계속 저 새끼를 처리하려고 했는데 김기준과 박순명이 가로막았다며 울분을 토로했다. 우선진은 잘 알았다는 듯 고개를 끄덕이며 딱딱하게 굳은 이나강의 어깨를 부드럽게 어루만졌다.

응. 이제 알겠어. 그런데 나는 있잖아. 네 생각이 맞는 것 같아. 관광은 여기까지야. 저 애가 선생님을 만나는 일은 절대 일어나서는 안 돼. 무슨 말인지 알겠어?

우선진은 이나강의 눈을 차분하게 응시했다. 삐딱하게 서 있던 이나강은 긴장하며 허리를 쭉 펴고 꼿꼿하게 선 채 비장한 얼굴로 고개를 끄덕였다. 우선진은 이나강의 손을 힘주어 잡아 주고 제자리로 돌아왔다. 이나강은 바닥에 한 줄기 침을 찍, 뱉어내고 나무가 우거진 어두운 숲속으로 들어갔다. 잠시 뒤 단단하게 곧은 부러진 소나무 가지를 손에 쥐고 나왔다. 이나강은 그것을 움켜쥐고 능 뒤편으로 크게 돌았다. 뒤에서 접근해 뒤통수를 내리치겠다는 계획이었다. 이나강은 몸을 숙이고 거의 기는 것 같은 포즈로 능을 기어 올라갔다. 그때 능 꼭대기에 있는 출발이의 눈과 이나강의 눈이 마주쳤다. 출발이는 고개를 왼쪽으로 갸우뚱 꺾고 이나강이 들고 있는 물건을 봤다. 그 순간 순박한 출발이의 표정이 바뀌었다. 살기 어린 이나강의 눈과 그의 손에 들린 나무가 자신을 위협한다고 생각했던 것이다. 이나강은 목소리를 낮게 깔고 허공에 나무를 휘두르며 위압적인 목소리로 말했다.

저리 가. 개새끼야. 저리 가라고.

출발이가 짖기 시작했다. 그 소리가 너무 크고 우렁차서 능 일대와 근처 숲이 쩡쩡 울릴 정도였다. 사람들이 일제히 능을 올려봤고 앉아 있던 조준이 출발이를 향해 달려왔다. 당황한 이나강은 출발이에게 다가가며 더듬거리며 말했다.

짖지 마. 아냐. 아냐. 안 때릴 거야. 안 때릴 거라고.

조준이 이나강의 앞을 가로막고 나무를 붙잡았다.

형. 왜 이러시는 거예요? 얘가 뭐 잘못했다고 그래요?

아니야. 그게 아니라. 에이 씨팔.

이나강은 나무를 집어 던지고 조준의 손을 뿌리친 뒤 능을 내려왔다. 조준은 짖고 있는 출발이를 감싸 안고 달랬다. 그 모습을 지켜보던 우선진이 두 손으로 얼굴을 가리고 고개를 좌우로 흔들었다. 그때였다. 멀리 길 끝에서 불빛 한 개가 보였다. 뒤이어 엔진 소리가 들렸고 오토바이 한 대가 천천히 능으로 들어왔다. 흩어졌던 사람들이 자연스럽게 한 곳으로 모였다. 김기준이 폴리에게 말했다.

지금 들어오시는 저분은 나이트버스의……. 음……. 쉽게 말해 대표님이세요.

대표요?

네. 이 모임을 만드신 분이세요. 나이도 제일 많으시고.

폴리는 고개를 끄덕이며 오토바이에서 내리는 남자를 봤다. 그는 헬멧을 벗어 손잡이에 걸고 가방에서 중절모를 꺼내 머리에 썼다. 이상한 패션이었다. 어떻게 보면 개량한복 같았고 어떻게 보면 이슬람 어느 국가에서 많이 입고 다닐 것 같은 옷처럼도 보였다. 그는 무리 사이로 천천히 걸어왔다. 사람들은 그 모습을 긴장한 눈으로 바라봤다. 그는 강심봉과 가벼운 포옹을 나눴고 김기준과 박순명과는 악수를 했다. 그는 박순명에게 어떤 설명을 들었고 천천히 고개를 끄덕였다. 그가 앞서 걷자 자연스럽게 사람들이 그 뒤를 따라갔다. 그는 폴리에게 다가가 악수를 청했다. 폴리는 얼결에 그 손을 잡았다. 작고 따뜻한 손이었다.

안녕하세요. 저는 나이트버스의 관광해설사입니다.

네. 반갑습니다. 폴리라고 불러 주세요.

그가 잔디밭에 앉자 사람들은 약속이라도 한 듯 동그랗게 모여 앉았다. 폴리는 자신을 관광해설사라고 하는 나이트버스의 대표와 그를 대하는 사람들의 표정과 태도를 보고 이 모임이 어쩌면 사이비종교단체의 비밀 회합일지 모르겠다는 생각을 했다. 서울에서부터 이곳 경주까지 오는 동안 그들의 행동에는 단순히 관광이라고 하기엔 석연치 않은 무언가가 있었다. 폴리는 뉴스와 신문에 심심치 않게 보도되는 사이비종교단체들과 관계된 사건 사고를 떠올렸다. 하나같이 비상식적이고 어처구니없는 사례들이었다. 저런 사람들은 도대체 어딜 가야 만날 수 있나 싶었는데 지금 여기 있는 것이다. 폴리는 약간 긴장하며 들고 있던 기타를 품에 꼭 안았다. 대표가 말했다.

다들 오랜만입니다. 여기까지 오시느라 수고 많으셨습니다.

사람들은 그의 인사에 어색하게 웃었다. 그는 왕의 무덤을 바라보며 말했다.

에…… 그러니까. 여기는 신문왕릉입니다. 경주에서 알려지지 않은 왕릉 중 하나지요. 경주에 크고 멋진 왕릉이 많지만 실은 이 작고 아담한 능이 가장 고상하고 아름답지 않나…… 나는 뭐 그 렇게 생각하고 있습니다. 한이 서려 있는 느낌이랄까요.

폴리는 대표의 설명을 듣다가 고개를 갸웃거렸다. 어쩐지 익숙한 느낌이 들었다. 분명 어딘가에서 봤는데 잘 생각이 나지 않았다. 특히 말투가 낯설지 않았다. '고상하고 아름답지 않나…… 나는 뭐 그렇게 생각하고 있습니다.' 분명 이런 화법으로 자주 말했던 사람이 있었다. 폴리는 그에게 다가가 한참 동안 그의 얼굴을 물끄러미 바라보다 말했다.

혹시…… 윤정로 교수님 아니십니까?

폴리의 입에서 그의 이름이 나오자 사람들은 화들짝 놀랐다. 이나강은 무의식적으로 허리춤에 차고 있는 권총에 손을 올렸다. 대표는 아무 대답도 하지 않고 눈을 동그랗게 뜨고 폴리를 봤다. 폴리는 한 번 더 찬찬히 대표의 얼굴을 관찰하고 확신에 찬 목소리로 말했다.

맞네요. 윤정로 교수님이시네요. 저는 작년에 '북한 사회의 이해'를 수강했던 학생입니다.

대표는 더듬거리며 말했다.

글쎄……. 제가 기억이 잘…….

폴리는 풀 죽은 목소리로 말했다.

아마 기억 안 나실 겁니다. 제가 수업에 열심인 학생은 아니라서 인상에 남지 않았을 거예요.

폴리는 입을 꾹 다물고 반성하는 표정으로 고개를 푹 숙였다. 사람들의 시선이 일제히 폴리의 정수리에 꽂혔다가 이내 대표의 얼굴로 향했다. 대표는 목덜미를 제압당한 동물처럼 꼼작도 않고 폴리의 입술만 바라봤다. 강심봉과 우선진의 얼굴이 백지장처럼 하얘졌다. 김기준은 짧은 시간 엄청나게 고민했다. 달려가 폴리의 입을 틀어막아야 할까. 아니면 정말 죽여야 하는 걸까. 날카로워진 분위기를 감지한 듯 대표는 손바닥이 보이게 오른손을 펴고 몇 번 흔들며 진정하라는 신호를 보냈다. 폴리는 우물쭈물 계속 말을 이어갔다.

그런데 교수님. 이 자리에서 드릴 말씀은 아닌 것 같지만……. 실은 그때 메일 드렸었는데 교수님께서는 답이 없으셔서요. 분명 수신 확인된 메일이었는데……. 따지려는 것은 아닌데요. 학점 주시는 거 말입니다. 제가 무작정 학점을 올려 달라는 것도 아니었고 합리적인 채점 기준과 근거만 알려 달라는 거였는데 답을 해주시지 않으셔서 솔직히 그땐 좀 그랬거든요. 이상하기도 하고 억울하기도 하고. 제 친구는 저보다 결석도 많았고 과제도 덜 냈는데 저보다 학점이 높았단 말이에요. 그때 교수님이 저 뭐 주신지 기억하세요?

대표는 중절모를 반쯤 벗고 머리를 긁적였다.

글쎄. 학생 수가 많았고 시간이 좀 지나서 기억이 잘 안 나는군.

D예요. D. 다른 과목들은 최소 B였는데 물론 A도 있었고요. 그런데 그것만 D가 나왔단 말이에요. 차라리 F를 주셨으면 학점 취소라도 하는데 D는 진짜 있어서는 안 될 학점이거든요.

폴리는 양손으로 머리를 감싸고 자리에서 일어나 제자리에서 한 바퀴를 돌고 다시 자리에 앉았다.

좋아요. 그것은 그럴 수도 있겠다 싶었어요. 뭐 학점은 교수님 마음대로 주시는 거니까요. 그런데 왜 이번엔 강의 안 하십니까? '북한 사회의 이해'라는 과목 자체가 사라져서 재수강을 못하게 됐잖아요.

얼굴이 붉어진 대표는 미안한 목소리로 말했다.

사정이 생겨서 수업을 못하게 되었네.

그러면 다음 학기에는 하시나요?

그게 말일세. 잘 모르겠네. 이게 내가 하고 싶다고 할 수 있는 게 아니야.

저 같은 학생도 생각해 주셔야죠. 그 과목 하나 때문에 평점이 떨어진단 말이에요.

그러니까 그 수업이란 게 말일세.

대표는 잠시 말을 멈췄다가 숨을 길게 내뱉고 말을 이었다.

나는 시간강사라서 학교에서 강의를 안 주면 수업을 할 수가 없거든. 그런데 이번 학기에는 아무 연락이 없었네.

정적이 흘렀다. 누구 하나 말하는 자가 없었다. 폴리가 대표의 눈치를 살피며 조용히 속삭였다.

잘리신 거예요?

대표가 허탈하게 웃으며 답했다.

잘렸다고 말하긴 좀 뭐하지. 제대로 붙어 있어본 적이 없거든. 내가 교수긴 하지만 진짜 교수는 아니네.

폴리가 입을 꾹 다물었다. 일순간 주위에 무거운 정적이 흘렀다. 다들 민망했고 까닭 모를 슬픔에 휩싸여 바닥만 쳐다봤다. 그때 출발이가 쓰레기통을 뒤져 버려진 치킨 박스를 찾아냈다. 조준은 안 돼. 안 돼. 소리를 지르며 출발이에게 달려갔고 출발이는 그걸 뺏기지 않으려고 전력으로 도망갔다. 김기준은 쓸쓸하게 웃으며 한마디 던졌다.

먹고사는 게 참 쉽지가 않아요.

박순명도 중얼거렸다.

그렇지. 남의 돈 받는 게 쉬운 게 없어. 정말로 하나도 없어.

기이한 정적이 흘렀다. 대표는 입술을 꾹 다물고 하늘을 올려다봤고 강심봉은 대표의 어깨에 머리를 살며시 기댔다. 우선진은 겉옷을 공중에서 탈탈 털며 혼잣말했다.

진짜 오늘 개판이네.

　사람들은 모닥불을 피우고 주위에 둘러앉았다. 계속 한기가 돌아 힘들다던 우선진이 나뭇가지 몇 개를 모아 불을 지폈고 그것을 보고 사람들이 하나 둘 땔감이 될 만한 것들을 주워다가 불 속에 집어넣었더니 제법 큰 모닥불이 되었다. 김기준은 여기에서 불을 피우는 것은 불법이라고 계속 볼멘소리를 했지만 사람들은 안 들리는 척하고 계속 땔감을 가져왔다. 사람들이 침묵 속에 고요히 앉아 불을 바라보았다. 반쯤 감긴 피곤한 눈을 느리게 떴다 감는 얼굴들 위로 노란빛이 어른거렸다. 내내 산만하게 뛰어다니던 출발이도 바닥에 배를 깔고 누워 순한 눈으로 불을 바라봤다. 박순명은 무릎을 껴안고 앉아 꾸벅꾸벅 졸았고 이나강은 잘 타고 있는 모닥불을 긴 나뭇가지로 이리저리 들추며 불장난을 했다. 그때마다 불꽃이 일렁거리며 사방으로 불티가 튀었다가 허공에서 사라졌다. 폴리를 제외한 모든 사람들이 불안한 눈으로 대표가 무슨 말이든 해주길 바라봤다. 하지만 대표는 모닥불 앞에 앉아 손바닥을 펴고 말없이 앉아 있기만 했다. 김기준이 말했다.
　선생님 한 말씀 해주세요.
　대표는 오랫동안 불꽃을 응시하다 입을 뗐다.
　여러분께 이야기 하나를 해드리겠습니다. 오래전 성격도 용모도 서로 다른 이란성쌍둥이 형제가 있었습니다. 형은 온몸에 털이 많은 털북숭이로 사냥을 좋아하고 성미가 급했지요. 반면 동생은 여리고 곱상한 외모로 어머니를 도와 집안일을 좋아했고 영리했습니다. 어느 날 사냥에서 돌아온 형이 동생이 만들고 있는 팥죽을 보고 달라고 합니다. 동생은 그걸 순순히 내주지 않고 거래를 하려 합니다. 팥죽을 줄 테니 형이 갖고 있는 장자의 상속권을 팔라는 것이었죠. 형은 너무나 배가 고파 곧 죽을 것 같다며 상속이든 뭐든 다 줄 테니 당장 죽을 달라고 하죠. 동생은 그렇게 상속권을 죽 한 그릇에 사버렸습니다. 그때까지만 해도 형은 그 말을 장난으로 여겼죠. 세월이 흘러 아버지는 늙고 병들어 형에게 자신의 모든 재산을 상속해 주려 합니다. 하지만 동생은 형이 없는 틈을 타 팔과 다리에 짐승의 털을 붙이고 형의 흉내를 낸 뒤 아버지를 속이고 형이 받을 모든 것을 가로채 버립니다. 그 사실을 뒤늦게 알게 된 형은 머리끝까지 화가 났고 동생을 죽이려 했죠. 동생은 형을 피해 집을 떠나 먼 곳으로 도망을 갔고 둘은 원수가 되었습니다. 형은 동생을 죽이기로 결심합니다. 언제든 찾기만 하면 죽일 수 있도록 군대도 만들었죠. 그러던 어느 날 형은 편지를 한통 받습니다. 동생이었죠. 지난 일을 사과하고 싶고 형에게 용서를 빌고 싶다는 내용이었습니다. 과연 형은 어떻게 했을까요? 동생을 죽이기 위해 만들어진 군대에게 어떤 명령을 내렸을까요?

누구에게 묻는 건지 정확히 알 수 없는 대표의 질문에 아무도 답하지 않았다. 대표는 딱히 대답을 바라는 게 아니었다는 듯 쓸쓸하게 웃으며 말을 이었다.

둘 사이에 강물이 흐르고 있고 형과 동생은 서로를 믿지 못해 군대까지 데리고 왔어요. 내일이면 형은 동생을 죽일 수 있습니다. 밤이 깊고 새벽이 지나고 아침이 오는 동안 많은 일이 일어났습니다. 천사가 지나가고 옛 추억이 생각나고 강물에 비치는 달은 아름답고 바람은 시원합니다. 사람의 마음은 변덕이 심해 나쁜 것도 좋은 것으로 좋은 것도 나쁜 것으로 착각하곤 하는데 어째서인지 오늘의 아침은 형과 동생의 마음을 묘한 쪽으로 바꿔 놓은 것 같네요.

대표는 중절모를 벗고 한참을 만지작거리다 다시 썼다.

오늘 많은 일이 있었다고 들었습니다. 하지만 경주에 왔으니 다른 생각하지 말고 그냥 관광만 합시다. 더 깊은 이야기는 나중에 기회가 되면 다시 하도록 하지요. 곧 해가 뜨겠네요.

폴리는 대표가 하는 말이 무슨 말인지 도무지 알 수가 없었다. 하지만 그가 말을 할 때 나이트버스 멤버들의 얼굴을 보고 코끝이 찡해지는 것을 느꼈다. 다들 너무 고단해 보였고 뭐라고 딱히 말할 수 없는 슬픔 같은 게 느껴졌다. 폴리는 미안한 얼굴로 고개를 푹 숙이고 대표에게 사과했다.

교수님. 죄송합니다. 아까 제가 괜히 이상한 말을 해서 분위기가 안 좋아진 것 같네요.

대표는 폴리의 손을 가볍게 잡으며 말했다.

아닐세. 같이 있으니 좋군. 혹시 내가 다시 수업을 하게 된다면 꼭 재수강 듣게나. 학점 잘 줄 테니까.

나이트버스는 푸르고 희뿌연 여명에 잠긴 한적한 도로를 달리기 시작했다. 어둠 속에 잠겨 있던 정체불명의 풍경이 드러났다. 내려올 땐 볼 수 없었던 산과 들판, 작은 마을과 버려진 헛간이 그림처럼 스쳐 지나갔다. 수면에 피어오르는 물안개 위로 크고 작은 새들이 날고 있었다. 폴리는 어떤 영감에 휩싸여 그것들을 황홀한 눈으로 감상하다 난데없이 노트와 기타를 꺼냈다. 노트에 뭔가를 적고 기타 줄을 팅기고 다시 뭔가를 적고 또 기타 줄을 팅기기를 반복했다. 사람들은 운전하는 박순명을 제외하곤 모두 곯아떨어졌다. 폴리는 한참 뒤 기타를 들고 맨 앞으로 걸어 나왔다. 박순명은 룸미러를 통해 불안한 눈으로 그 모습을 지켜보며 말했다.

학생 무슨 일이에요?

사람들은 하나 둘 눈을 뜨기 시작했다. 폴리는 머리를 긁적이며 말했다.

피곤하실 텐데 죄송해요. 제가 오늘 나이트버스를 타고 여행을 다녀온 소감에 대해 급하게 노래를 하나 만들어 봤는데요. 지금 아니면 여러분께 들려드릴 수 없을 것 같아서요. 제목은 나이트버스입니다. 제가 한 번 불러 봐도 될까요?

김기준과 이나강은 멍한 표정으로 서로를 바라봤다. 옷을 들추고 작은 틈새로 앞을 바라보던 강심봉은 다시 옷으로 얼굴을 덮었고 우선진은 죽은 듯 눈꺼풀도 꿈쩍이지 않았다. 출발이는 만사가 귀찮은 듯 눈만 껌벅이며 길게 하품을 했다. 조준만이 오오, 소리를 내며 작게 박수를 쳤을 뿐이다. 폴리는 잠시 눈을 감고 호흡을 가다듬은 뒤 기타를 치기 시작했다. 코드 세 개가 반복되는 단순한 느낌의 포크곡이었지만 폴리는 로커처럼 혼신의 힘을 다해 열창했다. 나이트버스의 사람들은 고요히 그의 노래를 감상하는 척 신경 쓰지 않았고 조준은 폴리의 노래가 마음에 드는 듯 '나이트 나이트 괜찮아요 나이스 나이스 괜찮아요' 부분을 허밍으로 따라 했다. 이나강이 김기준의 귓가에 속삭였다.

그럼 우린 이제 어떻게 해야 하는 거야?

글쎄. 나도 모르겠다. 기다려 봐야지.

뭘?

나도 모르지. 윤 선생이 그랬잖아. 사람 마음 변덕스럽다고. 다시 죽이고 싶을 때가 오겠지.

정말 그럴까? 그나저나 이제 난 뭐하지?

뭐하긴. 살아야지. 일도 하고 돈도 벌고 암튼 잘 살고 있어야지.

아…… 그건 그렇고 노래하는 저 놈 어떻게 할까?

그냥 나둬도 괜찮을 것 같아. 쟤는 정말 아무것도 모르는 바보야.

이나강은 한참 동안 폴리를 쳐다보더니 가만히 고개를 끄덕였다. 김기준은 잠들기 직전 웅얼거렸다.

오늘 정말 피곤하다.

김기준은 눈을 감았고 곧 잠이 들었다. 이나강은 잠든 김기준의 옆모습을 물끄러미 바라보다 폴리를 쳐다봤다. 폴리는 노래의 마지막 부분을 부르고 있었다.

나이트 나이트 나이스 버스. 이상하고 신기한 여행.

이나강은 눈을 감고 중얼거렸다.

이상하고 신기한 여행이라니. 자기가 죽을 뻔한 줄도 모르고. 정말 천하의 바보 놈일세.

박순명은 룸미러를 통해 노래를 끝내고 자리에 돌아가는 폴리의 뒷모습을 보고 후우, 소리를 내며 길게 숨을 내뱉었다.

작가의 말

* * * *

정용준

한잠 푹 자고 나면

Q.

어떻게 하면 세상이 바뀔까요? 골치 아픈 생각은 언제 없어질까요? 전쟁은 언제 끝날까요? 무슨 수로 머릿속의 그 일을 사라지게 만들까요? 이 통증은 언제 그치죠? 오늘의 실패는요? 수치와 치욕은요? 한숨이 납니다. 눈물이 흘러요. 이 밤은 지나갈까요? 새벽은 언제 아침이 되나요? 해는 몇 시에 뜹니까? 도대체 어떻게 해야 이 상황을 바꾸거나 없앨 수 있을까요?

A.

늘 맞는 답은 아닙니다만 제가 아는 선에서 답을 드리겠습니다. 일단 한잠 푹 주무세요. 어떤 일은 자고 나면 바뀝니다. 어? 하는 사이 사라지기도 하죠. 역사는 그렇게 시작됐고, 바뀌었고, 끝나기도 했죠. 우리의 날과 달과 나쁘고 힘든 것들도 어떤 잠 이후에 사라졌습니다. 약속드리겠습니다. 오늘을 마감하고 일단 한잠 푹 주무세요. 우연의 힘이든 시간의 힘이든 꿈

나라 마법의 힘이든 내일은 오늘과 다를 겁니다. 아주 조금이라도 혹은 엄청나게 많이. 내일이면 잊게 됩니다. 내일은 달라집니다. 모르죠. 통일이든. 세계 평화든.

연분희 애정사

―――

이승민

TV에 그녀가 나오고 있었다. 북측 일행과 남측 관계자들, 그리고 경호원들과 기자들까지 북새통을 이루는 속에 내 눈은 그녀만을 클로즈업했다. 카메라 셔터 소리와 현장을 찾은 환영 인파의 어지러운 외침 소리도 들리지 않았다. 실시간으로 생중계되고 있는 뉴스 화면은 마치 영화 속 회상 시퀀스 같았다. 램 수면 상태에서 꾸는 여릿한 꿈의 한 조각 같기도 했다. 잠에서 깨면 깨끗하게 해체되고 말 비현실의 현실.

나는 군중 속에 파묻혀 지나가는 그녀의 얼굴을 좀 더 자세히 보기 위해 소파에서 내려앉아 화면 앞으로 가까이 다가갔다. 그녀는 십여 년 전 그날처럼 환하게 웃고 있었다. 처음 밟은 남한 땅에서 거짓말처럼. 별로 변한 게 없어 보이는 얼굴은 한낮의 햇살을 받아 뽀얀 백설기처럼 보송하고 탐스럽게 보였다. 조금 나이 들어 보이기도 했지만 늙어 보이는 건 아니었다. 세월이 아닌 자리가 입혀놓은 기품 있는 성숙미 같은 것이라고 해야겠다.

정치도 생물이고 역사도 생물이건만 정치와 역사라는 두 개의 생물이 만난 결과는 절대 깨질 것 같지 않던 얼음판에 반전 같은 틈을 냈다. 놀랍고 가슴 설레는 틈이 열리고, 그녀가 그 틈을 통해 이곳으로 왔다. 어렵게 되찾은 남북 평화 무드를 축하하기 위한 사절단의 대표로 말이다.

금강산에서 처음이자 마지막으로 만났던 순간에도 그녀의 얼굴은 백설기 같았다. 지금과는 좀 달랐지만 파릇한 기품도 어려 있었다. 그녀가 죽었을지도 모른다고 생각했다. 그런 생각조차 희미해질 때쯤 남한 땅을 밟은 그녀는 일개 단원에서 북한 예술단을 이끌고 내려온 단장이 되어 있었다. 화면 속에서 시종일관 환한 웃음을 가면처럼 쓴 채 움직이고 있는 그녀가 진짜 그녀가 맞는지 나는 한참을 보고 또 들여다봤다. 기자를 그만두지 않았다면 나는 아마도 지금 저 현장에 가 있을 것이다. 그리고 수많은 기자 틈에 섞여 들릴지 모를 목소리로 외쳤겠지. 나라고. 나를 기억하느냐고. 금강산에서 진실인지 무엇인지 모를 당신의 이야기를 들어주었던 나라고.

시선은 TV 브라운관에 고정시킨 채 바닥을 더듬어 휴대폰을 집어 들고는 그에게 전화를 걸었다. 신호가 가는 동안 이상하게 내 가슴이 요동쳤다. 그도 지금 TV를 보고 있을까. 그녀가 이곳에, 당신이 있는 남한에 왔다는 사실을 알고 있을까. TV 속 그녀를 보면 어떤 생각이 들까. 며칠 전부터 보도됐던 북한 예술단 방문 소식에 얹혀 낯익은 그녀의 이름을 듣게 된 순간부터 나는 그에게 전화를 걸고 싶었지만 그러지 않았다. 내 눈으로 확인하는 게 먼저였다. 정말 그녀가 맞는지. 그 역시 같은 마음으로 내게 전화를 걸지 않고 기다렸을지 모른다. 신호가 한참 가는데도 그는 전화를 받지 않는다. 단장 동지. 정말 그녀가 온 것 같군요. 내가 만났던, 당신이 사랑했던, 그러나 지금은 증오하는, 그 진위를 확신할 수 없는 이야기의 시작, 연분희. 그녀가 왔다고요. 우리가 사는 바로 이곳에……

순간 머릿속에서는 그녀의 오래전 육성이 턴테이블의 LP에서 흘러나오는 낡은 노랫소리처럼 천천히 재생되기 시작했다.

우리 북조선에서는 냉면을 절대 잘라 먹지 않습니다. 위대하신 원수님께서 내려주신 귀한 음식에 쇳조각을 갖다 대는 행위라니. 당치도 않습니다. 기자 양반이라더니 알 만한 분이 왜 그러십니까. 면이 너무 길어 먹기가 불편하단 말입니까? 그저 배부른 소리로 들립니다. 북조선에선 아직도 굶어 죽는 동무들이 한둘이 아니란 말입니다. 이런 소리해도 괜찮으냐고요? 기사에만 쓰지 마십쇼. 전 사상이나 감정의 노예가 되어 현실을 외면하는 적대적 이상론자가 아닙니다.

평양에 가본 적은 없다. 그럼에도 평양을 가봤던 것처럼 느끼는 것은 순전히 그녀 연분희 때문이다. 나는 그녀의 음성과 온기와 냄새와 이야기를 통해 평양을 만났고, 그것은 짧은 기억과 긴 여운으로 남았다. 오래전 과거 속에서 그녀가 들려주었던 평양 사투리는 정확히 아귀가 맞춰지지 않았다.

'적대적 이상론자'라고 발음할 때 그녀는 콧등을 잠깐 실룩거렸고, 쨍한 가을 햇살을 받은 복숭아 같은 콧잔등이 반짝거렸다. 하마터면 그 위에 손을 갖다 댈 뻔했다. 그렇게 하얗고 보드라워 보이는 콧잔등은 처음이었다. 그 콧잔등에 정신이 홀려 적대적 이상론자의 의미가 정확히 무엇인지 물어보는 것을 잊었다. 평소답지 않게 녹음기를 켜는 것도 깜빡했다. 뒤늦게 주머니에서 보이스 리코더를 꺼내 녹음 버튼을 눌렀다. 그녀는 꼭 녹음을 해야 하느냐고 물었다. 불편하면 끄겠다고 했다. 대답 대신 멋쩍게 웃는 모양을 보고는 녹음기를 끄고 손바닥만 한 취재 수첩을 펼쳤다.

그녀는 하얀색 저고리에 검은 치마가 아닌, 세련된 투피스 정장을 입고 있었다. 내게 연분희라고 이름을 소개했고 나는 이미 들어 알고 있다고 답했다. 함께 식사를 겸해 인터뷰를 해도 되겠느냐는 나의 요청이 받아들여진 덕분에 평양냉면을 한 그릇씩 앞에 놓은 채 마주한 자리였다.

종업원에게 냉면을 자를 가위를 가져다 달라고 했을 때 그녀는 나를 무지렁이처럼 바라보며 핀잔을 주었다. 젓가락에 걸려 있던 냉면 가닥이 풀어지는 것도 모른 채 그녀의 얼굴을 바라봤다. 파란색 투피스는 다소 투박하고 유행이 지난 듯해 보였지만 그녀를 위한 맞춤옷처럼 어울렸다. 이마는 봉긋했고, 가슴도 봉긋했고, 입술도 봉긋했고, 콧잔등도 봉긋했고 발등도 봉긋할 것 같았다. 살구색 양말과 검은색 구두로 가려 있는 봉긋할 발등이 보고 싶었다.

북한 여자는 아무래도 한국 여자보다 덜 깔끔할 거라는 편견이 있었다. 부끄러운 선입견이지만 솔직하게 얘기하자면 그랬다. 한데 그녀에게서는 향기가 났다. 나는 누가 시키지도 않았는데 어느 순간부터 그녀를 분희 동무라 불렀다. 잊고 있었다. '동무'라는 어휘가 지닌 본연의 의미와 어감을. 동무라고 부르니 어느새 진짜 동무가 된 듯 그녀가 편안하고 익숙하게 느껴졌다. 무엇보다 그녀의 외모는 동무라는 표현에 잘 어울렸다. 게다가 그 순간 그녀 주

위에는 어렸을 적 맡았던 어머니의 연한 화장수 냄새 같은 것이
맴돌았다. 곱게 한복을 차려입고 금줄 달린 비로도가죽 백을 팔목
에 건 채 연분홍색 양산 밑에 서 있던 우리 어머니에게서 나던 냄
새.

저 또래의 한국 여자들에게서는 전혀 다른 냄새가 난다. 너무
많은 향기 속에서 정작 감성을 자극하는 냄새는 아무것도 없다.
여러 향수를 섞어 쓰는 것이 유행이라곤 해도 복잡하고도 요상한
향 속에 갇힌 한국 여자들은 늘 불투명하고 모호한 존재 같았다.

연분희에게서 풍겨오는 냄새는 아주 단순하면서도 명확하여
호불호에 대한 판단이 매우 쉬운, 다소 유치한 향이었다. 어머니
와 생김새가 닮은 건 아니었음에도 나는 그 정감 어린 냄새 때문
에 그녀를 초면부터 흑백사진 속 익숙하고 친근한 존재처럼 받아
들이고 있었다. 좋게 말하면 옛날 우리네 어머니 같은 푸근함이
었고 무심하게 말하면 촌스러운 거였다. 촌스러운 것도 매력이 될
수 있다는 것을 그녀를, 연분희를 보고 처음 알았다. 여인으로서
풍기는 이성적인 매혹과는 또 다른 것이었다. 그날 그녀의 냄새는
줄곧 등 뒤로 펼쳐져 있던 금강산 자락을 배경으로 아지랑이처럼
아찔하게 피어올랐다.

한창 금강산 관광이 특수를 이루던 그해 2박 3일간의 금강산
취재는 그다지 원치 않는 일정이었다. 님태평양의 휴양지나 유럽

으로 떠나는 해외 출장이라면 모를까. 노인네처럼 금강산 관광 가느니 집에서 밀린 잠이나 몰아 자는 게 영양가 있는 일이라고 생각했다. 도착 첫날 저녁을 먹는 둥 마는 둥 한 후 일정상 마지못해 보러 가게 된 북한 예술단 특설 공연 무대에서 그녀를 보기 전까지는 그랬다. 놀 생각만 하지 말고 뭐 하나라도 건져와. 특종은 기대도 안 해. 그녀의 무대를 보면서 데스크의 목소리가 생각났다. 평양까지 들어가는 것도 아니고, 부부 동반이나 계모임 관광객이 대다수인 금강산에서 재미있는 기삿거리가 나올 게 뭐 있을까. 한데 그녀를 보는 순간 머릿속에서는 단순한 계산이 돌아갔다.

공연이 끝난 후 나는 득달같이 달려가 조금 전 예술단 공연 무대에서 마지막 독창과 독무를 장식한 여성을 인터뷰할 수 없겠냐고 물었다. 당연히 그녀의 조국 입장에서 미제 언론의 앞잡이 역할을 하는 한국 보수 일간지 기자와의 인터뷰는 말도 안 될 일이었다. 하지만 무턱대고 달걀로 내리친 바위가 단박에 깨졌다. 조선국립민족예술단의 일원으로서 '남한 인민들에게 경애하는 원수님의 정신문화적 위용을 널리 전하고 금강산 사업을 통해 북남 평화 통일에 이바지하시는 숭고한 의지를 알리라'는 막중한 임무를 띠고 그녀는 나에게까지 오게 됐다.

알고 보니 금강산이라고 해도 그녀가 속한 예술단 공연을 아무 때나 볼 수 있는 것이 아니었다. 한국 기자단 방문에 맞춰 북조선

최고 예술단으로 손꼽히는 조선국립민족예술단을 일부러 급파했던 것이다. 내가 택한 인터뷰이가 예술단 내에서도 생각보다 더 비중 있는 인물임을 알고 나니 없던 취재 욕심까지 부풀었다. 기존 상주 예술단의 공연은 어땠냐고 물으니 부산에서 왔다는 68세 남자 관광객은 동춘서커스가 훨씬 낫다고 투덜거렸다. 그나마 한국 기자단이 떼로 몰려 들어간 보람이 있었던 셈이다.

남한에도 평양냉면이 있다고, 우리는 그냥 내남없이 다 가위질해 먹는다고 하니 그제야 그녀는 냉면 사건이 나를 놀리기 위한 농이었음을 밝혔다. 무엇이 진실인지 나는 아직 모른다. 평양에 가본 적이 없으니. 그 순간 진짜는 연분희라는 이름의 북한 처녀가 내 앞에 백설기 같은 하얀 얼굴로 웃으며 앉아 있다는 사실 하나였다.

인터뷰가 어떻게 성사될 수 있었는지는 그녀와 얘기를 나누면서야 알게 됐다. 그녀의 표현대로라면 '큰 분'이 도와주셔서 가능했던 것이다. 그 큰 분이 누구냐 물으니 중앙당의 최고위 간부이며 자신을 친딸처럼 보살펴 주는 사람이라고 했다. 큰 분과 연분희가 어떤 관계였는지 나는 지금도 정확히 모른다. 그녀를 한국 보수 매체와의 인터뷰 자리에까지 나갈 수 있도록 뒤를 봐줄 수 있는 위치에 있다는 것밖엔. 그리고 대화하는 동안 그녀가 그의 이름 석 자를 한 번 대고는 이후로 내내 오라버니라 칭했다는 것

외엔. 그는 그녀가 다니는 거의 모든 곳에 항상 나타난다고 했고 그가 가는 해외 출장에 예술단 또한 늘 동행한다는 얘기를 하면서 '북조선 예술 문화 발전에 귀한 업적을 쌓으신 분'이라고도 했다. 혹시 사랑하는 사이인가요, 라고 조심스럽게 물었을 때 그녀는 열일곱 꽃처녀처럼 해맑게 웃다가 갑자기 정색을 했다. 장마철 하늘빛처럼 변하는 그녀의 표정을 보면서 나는 서른 개 가까운 질문을 빼곡히 적어 놓은 수첩을 조용히 덮었다. 그때부터였다. 우리의 인터뷰가 연기처럼 엉뚱한 담을 타고 넘어 그녀의 애정사로 흐르기 시작한 것이.

사랑하는 사람은 따로 있습니다. 그는 예술단의 단장 동지지요. 함경도 신포에서 구국의 예술단원이 되기 위해 평양으로 무작정 올라온 저를 단장 동지는 처음부터 따뜻하게 보살펴주었습니다. 예술단에 들어가서 처음 평양 시내 예술사 견학을 할 땐 정말 신이 났더랬습니다. 도시 한가운데를 가로지르는 대동강 다리 위를 차를 타고 달릴 때는 아이처럼 환호성을 지를 뻔했지요. 제가 태어난 신포는 아주 촌이라 그저 작은 냇가가 전부이고 그것도 얼마든지 걸어서 건널 수 있었단 말입니다. 대동강 북녘의 평양 중심지로 들어가니 눈이 휘둥그레졌지 않겠습니까. 하늘에 닿을 듯 이마를 쳐올리고 있는 건물들을 보며 우리 조국의 눈부신 발전에 그만 왈칵 눈물을 쏟을 뻔했습니다. 신포 촌구석에 살았던들 그 위용을 어찌 상상이나 했겠으며 우리 조국을 이렇게 살기 좋은 곳으로 일구어 놓으신 원수님의 피땀을 어찌 가늠이나 했겠습니까.

당시 평양이라는 도시가 그녀에게 온통 신세계였을 거라는 상상을 어렵지 않게 할 수 있었다. 그녀의 표정이 그렇게 말하고 있었다. 그녀는 평양이 자신이 아는 신세계의 전부인 채 살아가는 게 나을 것이다. 그 도시 안에서 충분히 행복할 수 있다면 말이다. 나처럼 서울 안에 살면서도 불만과 불행을 당연한 짐짝처럼 이고 살아가는 수많은 남쪽 사람보다 낫지 않을까 싶었다. 대학 입학과 함께 서울에 처음 올라온 갓 스무 살 청년에게 서울은 분명 신세계였다. 그 신세계는 비싼 등록금과 월세에 허덕이고 잔인한 취업 전쟁을 통과하고 짜증스러운 인간관계에 지쳐가는 동안 여지없이 해체되어 사라졌다. 기자로 살지 않았다면 그래도 지금보다는 이 도시에 대한 애착이 좀 더 남아 있었겠지. 기자라는 직업은 도시에 대한 더 많은 정보와 은밀한 기회를 던져 주는 대신 다른 사람보다 훨씬 빠른 속도로 환상과 희망을 앗아갔다. 그러니 연분희의 신세계가 영원할 수 있길 바란 건 진심이었다.

평양에 대해 말하는 중간중간 그녀는 꼭두각시 춤을 추는 어린 여학생처럼 두 손바닥을 뺨에 갖다 대기도 했고, 달뜬 미소가 구름 그림자처럼 너울너울 지나가기도 했다. 말만으로도 드넓게 펼쳐진 대동강 줄기가 선연히 그려졌다. 난생처음 무지개를 발견한 아이처럼 신기한 눈빛을 던지고 있을 연분희의 얼굴이 그 위로 겹쳐졌다. 불쑥 내 마음이 설렜다. 흐르는 강을 보며 낭만을 느끼고, 달리는 차 안에서 도시의 정취를 달달한 음료수처럼 빨아들이는 감성이 그쪽에도 존재한다는 사실을 왜 그토록 당연하게 무시했을까. 그리고 사랑이 존재한다는 것을.

  대도시로 올라와 낯설고 물설었을 그녀를 단장 동지는 쉬는 날에도 여기저기 데리고 다니면서 더 많은 평양 속 행복을 안겨 주었다. 단장 동지는 잘생겼느냐고 물었다. 그녀는 내 물음에 잠시 침묵했다. 단장 동지의 이목구비를 하나하나 더듬어 보고 있다는 걸 알 수 있었다. 시커멓고 밤사람처럼-밤사람이 도둑을 의미하는 것은 나중에야 알았다- 생긴 대부분 남성 동무들과는 달리 어릴 적 어머니가 자주 만들어 주던 감자떡처럼 부들부들하니 하얀 피부가 눈에 착 들어왔다고 말할 때 연분희의 두 눈이 반달 모양이 됐다. 바다에서 하늘로 날아오르는 갈매기의 날갯짓 모양을 그대로 닮은 눈썹은 뽀얀 피부 때문에 더 도드라져 보였다. 지금이라도 이마 위를 박차고 날아오를 것처럼 생동감이 느껴지는 눈썹이었다.

눈썹을 밀고 짙은 문신을 하고 온 아내를 본 날, 나는 눈을 피했다. 처음이라 그래, 곧 있으면 옅어져서 자연스러워질 거야. 아내는 아무렇지도 않게 말했지만 그 이후로도 자연스러워지진 않았다. 다음 날 '한국 아줌마들, 야매 문신 열풍'이라는 기획 기사 아이템을 올렸지만 데스크는 거들떠보지도 않았다. 아내의 얼굴에서 사라졌던 그 무엇이 연분희의 얼굴에 담겨 있는 것 같았다.

단장은 단복 꾸림새가 참 잘 어울리는 남자였다고 했다. 나는 그의 모습을 상상했다. 하얗고 깨끗한 얼굴에 단복을 깔끔하게 차려입은 그를. 상상을 보탤수록 궁금증이 꼬리를 물었다. 질문이 계속 이어지자 그녀는 무얼 자꾸 남의 애정사를 캐묻느냐며 밉지 않게 눈을 흘겼다.

당시 전 선교구역의 한 단층집 옥상 작은 방에 살았더랬는데 오며 가며 쌀도 넣어 주고 옥수수도 넣어 주고 맛있는 중국 과자도 놓고 가곤 했지요. 단장 동지는 통일거리 대도로 근처에 살았습니다. 처음 단장 동지를 따라 집에 놀러 갔더니 대동강을 따라 멋들어진 아파트들이 서 있지 않겠습니까. 햐, 단장 동지는 생긴 것에 어울리게 부자인가 보구나 생각했습니다. 한데 한 발 앞서 걷는 단장 동지가 아파트를 지나 계속 가는 겁니다. 아파트 단지가 끝나는 뒤편으로 허허벌판이 펼쳐지더니 야트막하고 허름한 집들이 나타났습니다. 단장 동지는 그곳에서 몸이 불편한 홀어머니를 모시고 살고 있었습니다.

명색이 예술단 단장인데 사는 모습을 보고는 놀랐다고 말할 때 그녀는 연극 무대에 오른 배우처럼 순식간에 우울한 표정으로 갈아입었다. TV를 통해 만나는 북한 뉴스 속 여성 앵커의 과장된 표정과 말투는 학습을 통해 만들어진 것이 아닐 수도 있겠다는 생각을 했다. 예술을 하는 사람이니만큼 더 그러려니 했다. 저 풍부하고도 섬세한 감성을 다루는 남자의 마음과 손길은 어떠해야 하는 걸까. 감자떡처럼 하얗고 부들부들한 단장 동지의 얼굴을 보게 된다면 그녀를 어떻게 아끼고 사랑해야 하는지, 그 마음을 어떻게 얻어야 하는지 해답을 찾아낼 수 있을 것 같았다.

남루한 단장 동지의 집은 방이 하나, 그리고 부엌 겸 거실이 전부였다. 장마를 막 지난 즈음이라 방 천장 네 귀퉁이에는 한 곳만 빼고 짙은 곰팡이가 저승꽃처럼 피어 있었다. 아궁이에는 습기를 말리기 위해 진흙과 섞어 만든 석탄을 때고 있었는데, 매캐한 연기가 방안으로 스며들어 눈이 따가웠다는 것이 그녀가 기억하는 집에 대한 첫인상이었다. 자꾸 매워지는 두 눈을 슬몃슬몃 비비며 무릎을 꿇고 다소곳이 앉아 있었을 그녀의 모습이 떠올랐다.

그녀는 평양에도 깡촌 같은 구석이, 궁핍한 삶이 존재한다는 것을 단장 동지의 집을 보고 알게 되었다. 하지만 그녀는 실망하지 않았다. 오히려 자주 들러 어머니 밥도 차려 내고 이불 빨래도 하고 구석구석 청소도 하며 시어머니 대접, 며느리 노릇을 마다하지 않았다. 가끔 단장 동지는 저 멀리 피어오르는 검은 굴뚝 연기를 바라보며 그녀의 손을 잡고 나지막이 속삭이곤 했다. 언젠가 대동강변이 바라보이는 근사한 아파트에서 이렇게 고운 분희 동무와 오순도순 아기 낳고 어머니 모시며 행복하게 살고 싶다고. 꼭 그렇게 될 거라고. 높다랗고 세련된 신식 아파트에서 단란하게 살아가는 자신의 모습을 상상할 때마다 연분희는 가슴이 떨리고 숨이 가빠졌다.

결혼 5년 만에 경매로 나온 한강변 아파트를 장만해 입주하던 날 어머니와 아내와 아이들은 모두 판에 찍어낸 듯 행복한 웃음을 지어 보였다. 시세보다 훨씬 저렴하게 살 수 있도록 도와준 부동산 컨설팅 업체의 취재원은 내가 내미는 백화점 상품권을 굳이 마다했다. 가족들의 웃음은 일 년쯤 흐르자 조금씩 증발했다. 아내는 생각보다 아파트 가격이 안 오른다고 투덜댔고 어머니는 강변에 있어서 여름에는 모기가, 겨울에는 웃풍이 세다며 짜증을 냈다. 아이들은 올림픽대로를 지나는 자동차 소리 때문에 공부를 할 수 없다고 성질을 냈다. 한강 대신 옥수동 언덕길이 보이고 곰팡이와 결로 때문에 사시사철 고생했던 한 해 전의 집을 기억하는 이는 아무도 없었다. 우리의 꿈은 고작 일 년이 유효기간이었으나 단장의 꿈에서는 오래도록 변치 않을 것 같은 견고한 믿음과 순결한 희망이 느껴졌다.

솔직하게 말하자면 그때까지 단장 동지에 대한 저의 마음은 안개와 같고 먹구름과 같았습니다. 상대 동무에 대한 확신이 서진 않았던 겁니다. 마음도 없으면서 왜 집에 놀러 가고 집안일을 돕고 어머니를 공경했느냐 말입니까? 이보십쇼. 우리 북조선 여성들은 경애하는 원수님의 넓고 깊은 인민 사랑의 정신을 실천하며 산단 말입니다. 꼭 단장 동지가 아니었더라도 전 그렇게 했을 겁니다.

남한에서는 집안일을 지나치게 시킨다는 이유로 시어머니를 살해한 며느리도 있었다고 말하자 그녀는 손으로 입을 막으며 소스라치게 놀랐다. 내 얼굴에 침을 뱉은 것 같아 심한 정신병을 앓던 여자라고 급히 둘러댔다. 좋은 대학을 나온 소아과 여의사였다는 것까지 얘기하면 그녀가 남쪽 사람과는 더 이상 대화를 나눌 수 없다고 할 것 같았다. 얘기를 하면 할수록 내가 발 딛고 사는 조국이 더 이상한 나라가 돼가고 있었다. 이제는 흔해빠져 단신 거리조차 되지 못하는 일이 연분희에게는, 그녀의 세상에서는 손으로 입을 틀어막아야 하는 놀라움이라는 게 놀라울 뿐이었다. 자고 일어나면 관할 경찰서 사건일지마다 빼곡히 쌓이는 숱한 사건 사고들에 나는 얼마나 무감해져 있었던가.

들어 보니 안개와 같고 먹구름과 같았던 그녀의 마음을 열기 위해 단장이 참 많이 애를 쓴 모양이었다. 좀 더 편하게 다니라고 없는 살림에 자전거도 사주었다. 해박한 현대 여성이 되라고 때마다 책도 사주었다. 세련미 넘치는 여성이 되라고 옷과 구두도 사주었다. 자랑스러운 예술인으로 어서 성장하라고 남들은 이삼 년이나 걸린다는 독창과 독무 기회도 주었다. 세상 보는 눈을 넓히라고 모든 해외 공연 리스트에 연분희라는 이름을 빼놓지 않고 올렸다. 그쯤 되면 그것이 사랑이 아니고 무엇일까.

연분희 마음이 그녀의 표현대로 '완전히 거꾸러진' 것은 그와 함께 능라도 구경을 간 날이었다. 어찌나 봄볕이 처녀 가슴을 흐드러지게 헤집어 놓던지 그놈의 아찔하던 햇살만 아니었으면 그리 홀랑 넘어가지는 않았을 거라고 하던 그녀 말에 나는 실없는 웃음을 터뜨렸다. 그녀와 대화를 나누고 있는 동안 우리 머리 위에도 금강산 자락을 한눈에 굽어 살피는 투명한 햇살이 함께하고 있었다. 능라도의 햇살이 지금 저 햇살보다 더 좋았나요? 나는 아이 같은 질문을 했다. 수첩에 적어 놓았던 질문들은 이미 까마득히 잊은 지 오래였다. 물어 놓고서도 이런 질문을 하고 있는 자신이 신기했다. 지금껏 해온 수많은 인터뷰에서 이런 말랑말랑한 질문을, 그것도 가슴이 시킨 질문을 던진 적이 있었던가. 팩트에 다가가기 위해 가슴을 닫아걸고 해야 했던 인터뷰였다. 둘 사이의 공기가 잠깐씩 가슴의 문을 열라고 노크를 해올 때마다 인터뷰를 대화의 시간으로 변질시키지 않기 위해 더 거만하고 위선적인 표정을 연기해야 했던 순간들.

일차원적인 질문에도 연분희는 진지하게 대답했다. 그날은 뭔가 다른 태양이 뜬 것 같았다고. 사람의 마음을 뒤흔들어 놓는 태양은 어떤 태양일까. 지금 내리쬐고 있는 저 햇살에 어떤 색과 어떤 감흥을 섞으면 사랑의 저편에서 이편으로 거짓말처럼 넘어올 수 있게 되는 것일까. 하지만 그날의 햇살보다 내 시야를 더 눈부시게 한 것은 그녀가 목을 움직일 때마다 귀 뒤쪽에 가지런히 찔러 넣은 나비 모양의 은색 머리핀에 감질나게 반사되던 빛의 조각이었다. 햇살이 반사될 때마다 나비가 날갯짓을 하듯 빛이 살아 움직이는 것 같았다. 잠깐씩 나타났다 사라지는 은빛 나비의 날개가 사랑 앞에 일렁이는 여인의 마음과 닮아 보였다. 손으로 잡을 수 있다면 잡아 보고 싶었다. 어제와는 다른 태양이 뜬 능라도에서 자신의 마음을 받아 주지 않는다면 그대로 강물에 빠져 죽겠다고 엄포를 놓는 단장의 품속으로 연분희는 눈물을 뿌리며 안기고 말았다. 사랑을 받아 주기도 전에 홀어머니 계시는 집을 찾아

청소와 빨래를 하고 밥을 지어 올리는 여인의 모습을 보며 강물에 몸을 던질 각오로 구애를 했다는 것은 심정적으로 충분히 이해할 수 있는 대목이었다.

사랑을 받아들인 후에도 쉽지는 않았다. 이제 막 시작된 연인은 사람들 눈을 피해 연애를 해야 하는 처지였다. 그녀 말에 따르면 평양 시내 곳곳에서 애정 행각 중인 남녀가 갈수록 많아지다 보니 감시의 눈초리도 덩달아 늘어나고 있다고 했다. 퇴폐적인 미제 사상에 물들었다는 명목으로 인민보안성 소속 인민 안전원에게 끌려가는 사람도 적지 않았다. 한 번은 모란봉 기슭에 있는 김일성경기장 근처에서 한 남성이 정혼을 약속한 정인에게 입맞춤을 했다가 근처를 순시 중인 인민 안전원에게 발각되어 둘 다 끌려가는 것을 본 적도 있었다.

신성한 김일성경기장에서 그런 사상 없는 짓거리를 했으니 끌려간들 총질을 당하든 당연합니다. 한데 단장 동지는 가슴에 무쇠심을 박았는지 행동에 지나치리만치 거침이 없고 당돌했습니다. 맹목적이었다는 말이지요. 한 번은 평양역 앞에서 함께 단원들을 기다리고 있는데 삽시간에 제 뺨에 입맞춤을 하지 않겠습니까. 평양역 근처나 통일거리 쪽은 연인들이 많이 산책을 하고 데이트를 하는 곳인데 그곳에서 그런 비이성적인 행동을 하니 그만 놀라 자빠질 뻔했습니다.

그녀가 얼굴까지 붉히며 하는 얘기에 왜 내 가슴은 옆집 담장 너머 빨랫줄에 걸려 있는 여자 속옷을 보게 된 중학생 마음처럼 콩닥콩닥 뛰었을까. 단장 동지는 꽤나 깨이고 트인 사람이거나 끌려가는 것이 두렵지 않을 만큼 사랑이 깊었던가 보다고 하자 그녀가 입술 한쪽을 이빨로 지그시 깨물었다. 그러고는 불현듯 나를 물끄러미 바라봤다. 연분희는 그 모든 것이 '사람의 주체사상을 뒤흔들고 경애하는 원수님과 조선민주주의인민공화국의 존폐에 해악을 끼치는 남한 서적의 유입 때문'이라고 했다. 내가 깜짝 놀라 되물으니 그녀 또한 얘기를 끊고 주변을 살폈다. 건너편 폭포 소리 때문에 누가 있다고 해도 들을 수 없는 상황이긴 했다. 한국 노래나 영화를 몰래 보는 북한 주민들이 있다고는 들었다. 한데 책이라니. 그것도 주로 소설책이라는 말에 나는 다시금 놀라지 않을 수 없었다.

단장이 한국 책을 읽고 그 책에 나오는 인물들의 사상과 행위를 흉내 내기를 좋아했다는 말도 소설같이 들렸다. 그가 읽는 한국 소설은 옛날 작가들의 작품만이 아니었다. 단장은 연애 이야기가 등장하는 소설을 특히 좋아했는데, 남한의 연애 방식과 인물들의 사상이 참으로 주체적이고 아름답다는 말을 그녀에게 자주 건넸다. 그럴 때마다 연분희는 쥐똥처럼 오그라드는 심장 때문에 오금이 저리고 손발이 떨렸다며 말하는 중간에도 여러 번 몸서리를 쳤다.

단장이야말로 적대적 이상론자라는 생각이 들기 시작했을 때 그녀는 문득 그의 사랑이, 그의 존재가 두려워졌다고 했다. 심지어는 허구에 불과한 내용에 심취한 나머지 소설 속 등장인물들이 나눈 퇴폐적인 성행위를 따라 해보고 싶다는 얘기를 했을 때는 단장의 정신 무장에 고장이 난 게 틀림없다고 확신했다. 하지만 아무런 힘도 없는 말단 예술단원이었던 그녀는 모든 것을 운명이라 받아들였다.

한 번은 대동강도 얼어붙은 엄동설한에 깊은 산속으로 절 데려가서는 속옷만 입고 춤을 추라는 게 아니겠습니까. 자신은 노래를 부르겠다 합니다. 이것도 소설 속에 나온 장면이냐 물으니 그렇다고 합니다. 등장인물들이 한겨울 산속에서 그랬느냐 물었습니다. 소설에서는 한여름 모텔이란 곳에서 했다 합니다. 한데 여건이 안 되니 이렇게만 해보자 합니다. 도리 있습니까. 시키는 대로 했지요. 한데 단장 동지가 '동백아가씨'를 부르는 것이 아니겠습니까. 그 노래를 듣고 누구라도 달려와 보십시오. 전 그만 사지가 벌벌 떨려 정신없이 옷을 챙겨 입고 울면서 산을 뛰어 내려

왔습니다. 내려와 보니 맨발 차림이었습니다. 발바닥이 찔리고 까지고 피가 났지만 아픈 줄도 몰랐습니다.

그녀는 단장과 헤어질 생각도 했다. 모든 수치심을 품어 안고 대동강에 확 빠져 죽을까도 했고, 존엄하신 원수님의 참된 예술혼을 만천하에 알리는 예술인이 되기를 포기한 채 다시 신포로 내려갈까 숱하게 번민도 했다. 근데 그게 마음대로 안 되더란다. 한 방울 눈물이 그녀의 뺨을 타고 흘러내렸다. 흐르는지도 모르고 있는 것 같은 그녀를 대신해 눈물을 훔쳐주고 싶었다. 하지만 손을 대는 순간 그녀와 나 사이에 보이지 않는 강이 생겨날 것만 같았다. 손대지 않고 가만히 보고 있어야만 내 앞에 존재할 수 있는 존재.

그녀는 단장의 사상이 불손하고 불건전한 행위를 일삼았지만 근본이 악한 사람은 아니란 걸 알기에 그에게서 벗어나지 않았고 벗어나지 못했다. 사상과 감정의 혼돈에 빠진 유약한 심성을 강건히 바로잡아 주는 것이 자신에게 베풀어준 단장의 은혜에 대한 보답이라고도 생각했다. 큰일 치를 뻔한 적도 여러 번이었다. 단장의 행태를 수상히 여긴 예술단원 한 사람이 인민보안성에 신고를 해 처음으로 끌려갔다고 한 대목에서는 나도 모르게 손에 땀이 배었다. 단장이 자신과 함께 했던 모든 일들을 다 불어 버릴까 봐 며칠을 뜬눈으로 밤을 샜다고 한 얘기에도 마른 침을 몇 번이나 삼켰다.

　단장이 그녀를 끌고 들어가는 대신 오라버니를 찾아가라고 한 것은 반전이었다. 그것이 연분희와 오라버니가 처음 만나게 된 계기였다. 그전부터 오라버니는 예술단의 큰 후견인이었다고 하니 단장 동지가 그녀를 오라버니에게 보낸 것은 최선의 판단이었다고 본다. 오라버니는 큰 힘을 지닌, 아주 큰 분이라고 그녀 또한 누차 강조했으니까.

　말로만 듣던 높은 분을 직접 만나러 갔을 때 그녀는 많이 떨리고 두려웠다고 했다. 자신이 아니면 누구도 대신해줄 수 없는 일이었다. 벌겋게 충혈된 눈으로 자신을 찾아온 연분희를 처음 보았을 때 오라버니는 어떤 생각을 했을까. 한데 뜻밖의 이야기가 이어졌다. 오라버니가 그녀를 평양 시내가 한눈에 내려다보이는 호화로운 호텔로 불렀다니. 생전 처음 호텔이라는 곳엘 들어갔고, 생전 처음 엘리베이터라는 것을 탔고, 생전 처음 호텔 방에 깔린 푹신한 양탄자를 밟아 보았고, 생전 처음 아버지뻘 같은 중앙당의 일급 간부를 마주하게 됐다고 했을 때 나는 가끔 TV에서 보곤 하던 막장 드라마의 한 장면이 떠올랐다. 남의 눈을 피해 폐촌과 산속에서 사랑을 나눠야 했던 단장 동지는 평생을 가도 그렇게 고급한 호텔 구경을 한 번도 시켜주지 못했을 거라고 했던 내 말이 후회될 뿐이다. 그걸 위로라고 건넸으니.

오라버니는 하염없이 우는 절 욕실로 데리고 들어가 뜨거운 물을 받아 주시며 편하게 긴장을 풀라고 하셨습니다. 딸 같아서 그러는 거라고. 씻고 나오니 문 앞에는 하얗고 두툼한 옷이 곱게 개켜 있었습니다. 끈으로만 묶는 이상한 옷이었는데, 아주 하얗고 감촉이 보드라웠습니다. 오라버니는 뒤돌아선 채 옷 대신 그걸 걸치라고 하셨습니다. 거실로 나가니 안 그래도 배가 고팠던 참에 들어 보지도 못한 음식들이 식탁 한가득이었지요. 제가 눈치를 보자 오라버니는 인자하게 웃으시며 마음껏 들라고 했습니다. 염치 불구하고 고픈 배를 채웠습니다. 무슨 음식인지도 모르고 허겁지겁 먹었더랬습니다. 그 모든 게 영달하신 원수님의 베푸심 같았지 뭡니까. 따뜻하고 배가 부르니 조금 졸렸지만 오라버니에게 어떻게 말을 꺼내야 할지 몰라 하얗고 보드라운 천때기만 만지작거리고 있었습니다. 한데 오라버니가 천천히 다가와 제 젖은 머리를 쓰다듬으시더니 가만히 안으시는 게 아닙니까. 그러고는 말하셨습니다. 너의 단장 동지는 무사히 풀려날 것이다. 오늘은 여기에서 편안히 눈이나 붙이고 가거라.

마른 침이 꼴깍 넘어갔다. 침 삼키는 소리가 그녀에게까지 들렸을까 봐 속으로 철렁했지만 그녀는 자신의 이야기 속으로 깊이 빠져 든 상태였다. 오라버니는 모든 상황을 다 알고 있었다. 편안히 눈이나 붙이고 가라는 말이 마음을 따뜻하게 어루만져 그녀는 그만 눈물을 쏟고 말았다. 하염없이 우는 그녀를 오라버니는 꼭 안아 주었다. 오라버니의 어깨 너머 커다란 창문을 통해 지금껏 본 적 없던 평양 시내 야경이 한눈에 들어왔다. 노을에 물든 주체 사상탑이며 어스름한 불빛이 신비로운 윤곽을 자아내는 두루섬이며 부드럽고 검푸른 비단이 나풀거리는 것 같은 대동강 풍경이 그녀에게 평양이라는 신세계의 또 다른 모습을 드러내는 순간이었다. 환상적인 야경을 바라보며 그녀는 생각했다. 이 도시는 내게 행운의 도시구나, 라고.

그녀가 진정되기를 기다린 오라버니는 눈물을 손수 닦아 주고 그녀를 침대로 데려가 눕힌 후 옆에 나란히 누웠다. 딸 같아서 그런다는 말을 여러 번 반복하면서. 나를 이제부터 오라버니라고 부르거라. 그 한마디가 꿈결처럼 들리는가 싶더니 그녀는 그대로 달콤한 잠에 빠져들었다고 했다. 다음 날 아침 일어났을 때 오라버니와 음식과 영화 같았던 평양의 야경은 모두 사라지고 없었다. 내 시선이 좀 야릇했던가. 그녀는 아무 일도 없었다고 힘주어 또 박또박 말했다. 정말로 아무 일 없었노라고, 그리 사상 없는 사람 아니라고. 말투 하나, 표정 하나, 행동 하나 모두 믿지 않을 수 없게 만드는 사람이 있다. 잘못 크면 사기꾼이 되고 잘 크면 연분희 같은 존재가 된다.

연분희가 옷을 챙겨 입고 호텔을 나와 예술단 사무실로 달려갔을 때, 그곳에는 정말로 단장이 와 있었다. 그 역시 아무 일 없었다는 듯 밝고 환하게 웃으며 그녀를 맞아 주었다. 그 사람으로 인해 느꼈던 번민과 갈등이 잠깐의 이별과 재회 앞에 앙금도 없이 사라지던 게 신기하다고 했다.

이후로도 단장은 몇 번이나 비슷한 전철을 밟아 이곳저곳으로 끌려가기를 반복했고 그때마다 그녀는 오라버니를 만나기 위해 호텔로, 별장으로, 어딘지 모를 고급 아파트로 가야 했다. 오라버니는 언제나 처음처럼 그녀를 친딸같이 다정하게 대해 주었다. 편안히 쉬며 맛있는 음식도 마음껏 먹을 수 있는 시간이 어느새부터인가 그리 나쁘지만은 않았다고 얘기했다. 그것도 얕은 인연은 아니었을 테니 비싼 손전화까지 사주면서 가끔 술이 많이 취해 그녀를 찾곤 했다는 오라버니를 이상하게 생각지는 않기로 했다.

평양의 젊은 사람들도 요즘에는 손전화를 많이 쓴다는 얘기를 나도 들었다. 그녀는 수줍게 오라버니에게서 선물 받은 손전화를 내게도 보여 주었다. 한국에서는 이제 쓰는 사람이 거의 없는, 중국산 구식 폴더 모델이었다. 신기한 마음에 이리저리 손전화를 살펴보는 내게 떨어뜨리지 않게 조심하라는 소리를 여러 번 하기도 했다. 그때였다. 약속이라도 한 듯 손전화의 벨소리가 울린 것이. 그녀는 황망히 자리를 피해 저만치 숲 안쪽으로 들어가 한동안을 통화했다. 십 분 정도 흘렀을까. 그녀는 미안하다면서 쑥스러운 표정으로 돌아왔다. 누구냐고 묻고 싶었지만 참았다. 잠시 맥이 끊긴 틈을 타 그녀는 걱정스러운 얼굴로 지금 이런 이야기를 나누는 게 잘하는 일인지 모르겠다고 했다. 어차피 금강산을 찾은 예술단의 이야기는 주최 측에서 나눠준 보도자료만 갖고도 짤막한 기사 하나쯤 만들기에는 충분했다. 그녀가 들려준 이야기는 세상에서 가장 드라마틱한 '북한발' 특종으로 탈바꿈될 수 있을 만한 기삿거리였지만 녹취를 포기하는 순간 이미 나는 그녀의 은밀한 비밀을 지켜 주겠다는 무언의 선서를 한 셈이었다. 시간이 흐를수록 그것은 이상한 의무감 같은 것으로 바뀌어 있었다. 데스크에게 고작 이것밖에 못해왔냐는 핀잔을 듣겠지만 미련이 남거나 아쉽다는 생각은 들지 않았다.

모르겠습니다. 왜 저도 생면부지의 남조선 기자 양반에게 이런 시시콜콜한 얘기를 떠들어댔는지. 괜찮으냐 말입니까? 저야 뭐 일 없습니다. 북조선에서는 절대 할 수 없는 얘기지 않습니까. 되레 아무런 인연도 아닌 기자 양반한테 속풀이처럼 털어놓는 것이겠지요. 평양에서 이렇게 살아가는 제가, 저의 이야기가 누군가 한 사람의 기억 속에라도 오래도록 남아 있기를 바랐던 것 같습니다. 단장 동지와 제가 앞으로 어떻게 될지는 모르지만 기자 양반 기억 속에는 더 길게 남아 있을 거 아닙니까. 제가 뭐이 대단하다고 자꾸 그러십니까. 자신을 바쳐 열과 성을 다해 한 남성을 사모하는 것은 여성으로서의 기본 소임이자 덕목인데. 시간이 벌써 많이 흘렀구만요. 그만 가봐야 하겠습니다. 언제 어떻게 다시 연이 될지는 모르겠지만 괜스레 기자 양반에게 저만 정신 빠진 여성으로 비치지 않았을까 걱정입니다. 안 그렇다면 다행이지요. 그럼 이제 저는 이만.

아직 듣고 싶은 얘기가 많았는데 어느새 자리에서 일어난 그녀는 붉게 물드는 노을 속 숲길을 걸어 총총히 사라졌다. 나는 그 모습을 한참 지켜보다가 잠이 덜 깬 듯한 몽롱한 기분으로 숙소로 돌아왔고 다음 날 남북 출입 사무소를 거쳐 서울로 돌아왔다. 그토록 길게 전해 들었던 그녀의 이야기는 '금강산에서 만난 예술단 가수, 우리는 한 핏줄이라요'라는 우스꽝스러운 제목의 일곱 줄짜리 단신으로 누구도 안 보이는 자리에 실려 지나갔다. 그리고 이듬해 '금강산 관광객 북한군 총격에 사망'이라는 기사와 '금강산 관광 전면 중단'이라는 속보를 연달아 쓰게 됐다. 세상일은 그녀에게도 내게도, 평양에서도 서울에서도 늘 예기치 않은 사건 사고의 연속이려니 했다. 그리고 잊었고 잊혀졌다.

그사이 김정일이 사망하고 김정은이 조선민주주의인민공화국의 새로운 원수가 됐다. 그녀의 존재를 다시 떠올리게 된 건 그로부터 몇 년이 지난 어느 날 오후 데스크 회의에서 뜻밖의 소식을 듣게 됐을 때였다. 탈북자 한 명이 태국을 거쳐 보름 전쯤 비밀리에 입국했다는 정보였다. 북한이 탈북을 시도한 한 예술단장의 검거를 중국에 공식 요청했다는 얘기가 있은 지 두 달 정도 흐른 시점이었다. 북한의 국가급 예술단장이라는 얘기에 설마 하며 외교부를 통해 곧장 확인 작업에 들어간 나는 그가 현재 양주 쪽 하나원에 머물고 있다는 사실을 입수했다. 삼 개월이 지나 하나원을 나갈 때까지 인터뷰가 어렵다는 것을 일주일 동안 끈질긴 섭외 끝에 신분 노출 금지와 사전 기사 검열을 약속하고 성사시켰다. 어차피 인터뷰가 목적이 아니었으니 상관없었다. 그를 만나기 직전 하나원 원장은 그가 얼마 전 뉴스에 보도됐던 탈북자라고 확인해 주었다. 조선국립민족예술단 단장이 맞다는 사실도. 믿기지 않았다. 그녀의 단장 동지를, 내가, 서울 하늘 아래서 만나게 되리라곤.

세 평 남짓한 하나원 사무실에서 내가 연분희에게 직접 들었던 이야기를 전하는 내내 그는 묵묵히 듣고만 있었다. 처음 놀라워했던 표정도 시간이 가면서 침착함을 되찾는 것 같았다. 나는 혹시나 빼먹은 얘기가 있을까 다시 곰곰이 기억을 되짚어 보았다. 기억하는 한 다 말했다. 아니, 아련한 감성이 더해져 기억하는 것보다 살이 보태졌을지도 모르겠다. 어떻게 해서 탈북까지 하게 된

것인지 다그쳐 묻고 싶었다. 연분희 동무는 잘 있느냐고. 결혼은
한 거냐고. 대동강이 바라보이는 세련된 신식 아파트에서 행복하
게 살고 있었느냐고. 그녀는 어떻게 하고 당신 혼자 생사의 경계
선을 넘었느냐고. 대체 무슨 일이 당신들에게 있었던 것이냐고.

한참 동안 말없이 책상 위에 시선을 떨구고 있던 그의 고개가
천천히 올라왔다. 복잡한 심경으로 뒤죽박죽돼 있을 줄 알았던 그
의 눈빛에 낯선 냉기가 들어차 있었다. 썅 에미나이…… . 내 귀를
의심했다. 썅 에미나이! 그는 내가 들은 것이 정확하다는 것을 다
시 한번 확고한 발음과 억양으로 확인시켜 주었다. 자신의 연인,
연분희를 향해 이해 못 할 욕지거리를 날려야 했던 자초지종을 듣
고 나는 할 말을 잃었다.

신포에서 올라온 그녀를 단장이 따뜻한 마음으로 맞아준 것까
지는 사실이었다. 그리고 구국의 예술단원이 되기 위해 단장을 따
라다니며 이것저것 열성적으로 배우고자 했다는 것도. 그런 연분
희를 보며 단장은 한때 남정네로서 불끈하는 감정도 느꼈다. 그녀
는 쉬는 날이면 부득불 단장을 끌고 평양 구경을 시켜 달라 졸라
대기 바빴고 잡화점으로 끌고 가 옷이며 화장품이며 갖가지 물건
을 사 달라 떼쓰기도 했다. 단장은 애틋한 마음에 없는 돈 쥐어짜
가며 어떻게든 그녀가 원하는 것을 들어주려 애썼다.

어느 날 분회 동무가 단원들 격려차 들른 중앙당 부위원장 동지를 우연히 보게 됐습니다. 오래전부터 예술단 후견인을 해온 사람인데 당 최고위 간부라 분회 동무 따위가 쉽사리 마주할 수 있는 사람이 아니었지요. 한데 분회 동무가 제게 와서는 부위원장 동지를 만날 수 있게 해달라고 들볶기 시작했습니다. 마지못해 힘들게 자리를 마련해 주었습니다. 언제 봤다고 부위원장 동지를 보자마자 오라버니라고 부르더만요. 그러고 나서 뭔 수작을 부렸는지 한 달 뒤 부위원장 동지의 중국 출장 때 공연단 일원으로 뽑혀 따라가게 됐지 뭡니까. 원래 해외 공연을 나갈 실력이 아니었단 말입니다. 이삼 년을 더 기다려야 되는 거를. 어찌 됐든 전 그동안의 정분 키운 것도 있고 해서 분회 동무를 집으로 데리고 갔더랬습니다. 한데 가난한 집에서 홀어머니를 모시고 사는 모습을 보고 나더니 그 에미나이 태도가 생판 변하더란 말입니다.

어머니에게 인사시키기 위해 데려간 자리에서 그녀는 홀어머니가 굽은 허리와 절뚝이는 다리로 차려 내온 밥상을 거들떠도 안 보고 그대로 일어섰다. 일어서는 그녀의 손에는 부위원장이 백화점에서 사준 양피 핸드백이 대롱대롱 매달려 있었다. 맨발로 따라 나온 어머니를 뒤도 안 돌아본 채 십오분 만에 그곳을 떠났다. 그날로 단장은 그녀에 대한 마음을 접었다고 했다. 단장은 한국 소설을 몰래 들여와 읽은 적도, 소설을 쓴 적도 없거니와 인물을 따라 이상한 행위를 흉내 낸 적은 더더욱 없었다고 하면서 남한 소설에 빠져 있던 것은 그녀였다고 했다. 부위원장을 따라 중국과 러시아 등지로 해외 방문을 할 때마다 그녀는 한국 소설뿐 아니라 그토록 욕하던 미제 소설-그는 모든 외국 소설을 미제 소설로 칭했다-까지 구해 들여왔고, 그 책들 속에는 두 사람이 함께 즐길 이상한 약들도 들어 있었다고 했다. 어떻게 해서든 부위원장을 이혼시키고 당 최고위 간부의 사모님이 되기 위해 그녀는 수시로 그를 호텔과 별장 등지로 불러냈으며, 해외 출장 때마다 마치 자신이 아내라도 된 듯 한시도 옆에서 떨어지지 않았다. 그 꼴이 흉해 몇몇 예술단원들이 상부에 보고도 했다. 하지만 그때마다 부위원장은 자신과 연분희를 굳건히 지켰고 그 힘에 취해, 그 특권에 눈이 멀어 그녀는 점점 더 그에게 집착했다.

왜 말리지 않았겠습니까. 충고도 여러 번 하고 화도 내봤지요. 도대체 이유가 뭐냐고 물으니 자신이 원하는 건 오라버니의 사랑도, 출세도, 부와 명예도 아니라고 합니다. 언제 스러질지 모를 하찮은 감정 따위는 중요하지 않다고. 갈수록 더 이해가 안 됐습니다. 그러면서 이런 말을 하더란 말입니다. 자신이 원하는 것은 조선민주주의인민공화국의 역사 속에서 오라버니의 사후까지 남게 될 위대한 권력과 명성 속에 그가 가장 사랑했던 여인의 이름으로 영원히 기억되는 것이라고 말이지요.

나는 물었다. 그녀가 혹 밀란 쿤데라의 《불멸》을 읽었느냐고. 괴테의 이름과 함께 불멸의 존재로 남고자 그를 사랑했던 여인 베티나에게 빠졌던 거냐고. 단장 동지는 그게 무슨 책인지 자신은 모른다고 했다. 자신이 읽은 소설들 속의 여인들처럼 살 거라는 말은 종종 들었지만 평생 소설책을 읽어본 적 없는 단장의 귀에는 소귀에 경 읽기였다. 그날로 단장은 연분희를 향한 미련과 관심의 뿌리를 잘라냈다. 한데 예기치 않은 사건이 터졌다. 부위원장의 중국 방문에 맞춰 여느 때처럼 동행을 했던 예술단이 공연을 마치고 귀국하는 과정에서 그녀가 책 속에 숨겨 들여오려 했던 약이 중국 공안에 걸리고 말았다. 중국에서 마약 사범은 국적과 신분, 지위 고하를 막론하고 극형에 처한다는 것을 그녀 또한 모르지 않았다. 게다가 심문 과정에서 입을 잘못 놀리기라도 하면 오라버니까지 다칠 수 있는 상황이었다. 위기의 순간 부위원장과 그녀는 머리를 맞대고 수를 찾았다. 그리고 모든 죄를 단장에게 뒤집어씌웠다. 부위원장 수하들의 발 빠른 대처로 단장이 묵었던 호텔 객실에서 다량의 미제 책들과 많은 양의 약봉지가 나왔다. 한국에서도 마약으로 금지된 메스암페타민과 대마초 등이었다. 그 위험한 물건을 그대로 두고 체크아웃을 할 바보가 어디 있겠느냐고 말하는 단장은 잠시 울먹이기도 했다. 한데 그녀는 중국 공안의 참고인 조사에서 단장이 나쁜 약들을 들여가는 걸 몇 번 본 적이 있다고 거짓 증언을 함으로써 자신과 오라버니를 확실하게 지켰다.

저는 꿈을 꾸는 것 같았습니다. 모두 거짓말 같았지요. 아무리 그래도 어떻게 예술단 단장인 저를 부위원장 동지와 분희 동무가……. 눈물이 나고 피가 끓었습니다. 그대로 개죽음을 당할 수는 없다고 생각했습니다. 중국에 갈 때마다 북조선의 고급술이며 나물이며 이것저것 챙겨다 주었던 공안국 간부에게 가진 것 모두를 털어주고 아무도 없는 새벽을 틈타 중국 오징어잡이 어선에 몸을 실었지요. 베트남을 거쳐 태국으로 들어가 몇 달 동안 죽은 듯이 숨어 있다가 가까스로 여기까지 오게 된 것입니다. 아, 지금 생각나는데, 그 에미나이 가끔씩 스스로를 적대적 이상론자라고 했습니다. 아직도 전 그게 무슨 의미인지 모르겠습니다. 그 버러지만도 못한 에미나이 때문에 아프신 어머니 홀로 놔두고 여기까지 도망쳐 온 생각만 하면 지금이라도 당장 죽고 싶은 마음뿐입니다.

하나원을 찾았을 때의 야릇한 흥분과 기대는 단장의 칼날 같은 이야기에 도마뱀 꼬리처럼 싹둑 잘려 나갔다. 한데 단장을 만나고 돌아온 후 그 꼬리가 다시금 자라기 시작했다. 때론 빨간색의 꼬리로, 때론 파란색의 꼬리로 색을 바꾸면서. 연분희의 이야기와 단장의 이야기 사이에서 어떤 것이 진실인지 혼란스러워하는 나를 조롱하듯. 단장의 말도 선뜻 믿지 못하는 내가 이상했다. 좀 더 설득력이 있다고 생각되는 건 단장의 말이었고, 계속 가슴속에 맴도는 것은 연분희의 얘기였다. 두 이야기 사이에서 제멋대로 꼬리가 자라는 동안 단장은 하나원을 나왔고 경기도 인근에 평양냉면집을 열었으며, 유치원 교사인 착한 여인과 결혼을 한 후 두 해 뒤 첫째 아들의 돌잔치를 열었다. 그 아들이 유치원에 들어갈 때쯤 데스크 승진에서 밀린 나는 기자를 그만두고 평소 알고 지내던 취재원이 대표로 있는 분양대행사의 마케팅 이사로 전직했다. 기자를 갑으로 모셔야 하는 처지가 되긴 했지만 나를 여전히 갑 대하듯 하는 대표 덕분에 언론사 간부들 술 접대나 하고 VIP 고객을 위한 외제차 시승 행사 같은 단순한 아이디어나 내면서 적당히 묻어가면 되는 자리였다. 그리고 연분희와 단장의 이야기도 시간의 먼지 아래에서 차츰 옅어지고 뿌옇게 바래져 갔다.

단장은 전화를 계속 받지 않았다. 십 년 세월 동안 아우, 동생 하는 사이가 된 그는 내 전화라면 화장실에 있다가도 달려 나와

받곤 했다. '북한 예술단을 이끌고 내려온 연분희 단장'이라는 자막을 보면서 나는 이내 전화 걸기를 포기했다. 아무리 해도 받지 않을 거란 생각이 들었다. 북한 예술단 일행은 남한에서의 공연 일정을 조율하고 공연장을 둘러본 후 내일 올라갈 계획이라고 기자가 리포트했다. 그리고 한 달 뒤엔 우리 측 예술단이 평양으로 가 공연을 할 거라고도 했다. 평양. 평양……. 혼잣말로 나직이 중얼거려 보는 이름. 잠깐, 기자를 그만둔 것을 후회했다. 사회부 팀장으로라도 조금만 더 버틸 걸. 연분희의 얘기와 단장의 얘기 둘 중 어느 것이 진실이고 팩트인지 나는 아직도 판단할 수 없었다. 이제 기자도 아니고 기사를 쓸 일도 없는데 굳이 팩트를 가릴 필요가 있을까도 싶었다.

급물살을 타기 시작한 남북의 평화 무드 속에 평양에서의 남한 예술단 공연이 열렸고 얼마 뒤 판문점에서는 남북 정상회담이 개최됐다. 종전선언에 이어 평화협정을 맺을 거라는 기대 섞인 전망까지 나왔다. 금강산을 자유롭게 오갔던 그 시절처럼 서울과 평양을 마음껏 왕래할 수 있는 날이 올지도 모른다. 그러나 역사는 언제나 기대를 배신하므로 우리 모두는 설레는 만큼 본능적으로 경계하고 있기도 하다. 내가 아는 두 개의 이야기는 여전히 전혀 다른 모양새로 서울과 평양이라는 두 도시에 갇혀 있다. 어느 쪽이 진짜인지 끝내 확인하지 못한 채 죽을 수도 있다. 그래도 중요한 것은 두 이야기의 거리감보다 실제 서울과 평양의 거리감이 조금은 가까워졌다는 것이다. 곧 단장을 만나러 가봐야겠다. 평양냉면을 먹으며 연분희에 대해 물어보면 뭐라고 대답할까. 왜 그동안 연락하지 않았느냐고 묻지는 않을 것이다.

남북 정상회담이 있고 며칠 후 김정은 국방위원장의 지시에 따라 삼십 분 늦었던 평양시가 서울시에 맞춰졌다. 서울과 평양은 이제 같은 시간으로 흐르게 됐다.

평양에 가본 적은 없다. 잡지기자 시절 취재차 2박 3일 일정
으로 금강산에 다녀온 것이 전부다. 그것도 10년을 훌쩍 넘긴 오래전 일
이 되어 버렸다. 〈연분희 애정사〉는 그 희미한 기억 한 줌을 재료 삼아 출
발한 글이었다. 물론 끄적거리는 과정에서 취재를 통해 얻은 무수한 정보
와 어렴풋한 단서들이 가미됐다. 그런데 2018년 봄 최종 원고를 보내기
며칠 전, 남북관계가 이전까지와 전혀 다른 급반전을 이뤘다. 부랴부랴 글
의 시작과 끝을 다시 써야 했다. 머리와 꼬리만 살짝 바꿨을 뿐인데 다소
어두웠던 결말이 뭉툭한 희망으로 바뀌었다. 독자들은 저마다 다른 해석
을 내놓을 수도 있겠지만 글쓴이 입장에선 긍정의 기운을 엿본 듯했다. 역
설적이어서 조금 웃음이 났다. 역사적 현실이라는 것이 이렇게 작은 설정
몇 가지를 바꿔놓는 것으로 손쉽게 변화할 수 있다면 얼마나 좋을까.

역사야말로 세상에 존재하는 가장 극적인 서사다. 남북의 역사는 그중에
서도 끝없이 격정적으로 이어지는 소프라노 드라마티코 같다. 숨넘어갈
듯 몰아치기도 하고, 긴 날숨을 내뱉게 만들기도 하면서 사람을, 우리를
흔들어댄다. 그래서 서울과 평양의 이야기를 담은 짧은 소설을 쓰는 동안

잠깐씩 멀미가 나기도 했다. 불규칙하고 불투명하게 출렁이는 이 아찔한 역사의 진동 주기에 글의 호흡을 조금이나마 동기화시키고 싶었기 때문이다.

무슨 거창한 작품이라도 쓴 줄 알겠다. 별것 없다. 앞으로 어떤 식으로 역사가 흘러가든 서울과 평양이 같은 호흡으로 출렁였으면 하는 바람을 담았을 뿐이다. 누가 알겠는가. 다음번엔 평양을 직접 둘러보고 그곳을 배경으로 제법 트렌디하고 미스터리한 장편소설을 쓰게 될 줄. 이제 발걸음을 내딛었을 뿐인 느린 작가에게 소중한 기회를 준 출판사에 진심으로 고맙다는 말을 전하고 싶다.

샌프란시스코 사우나

한은형

1

나는 이 나라의 수도에서 네 살까지 살았다. 이 나라, 엄마는 애정을 담아 그렇게 말했다. 다섯 살이 되던 그 해에 우리는 본Bonn에서 이 나라의 가짜 수도로 이주했다. 서베를린. 공식적으로는 서베를린이 서독의 수도였지만, 내 가족처럼 본을 수도로 생각하는 사람이 많았다. 그 도시에 있는 대학에 내 아버지가 일자리를 얻었기 때문이었다. 그는 낮에는 대학에서 강의를 했고, 밤에는 병원에서 야간 경비원으로 일했다. 간호사인 엄마는 이 '가짜 수도'에서도 일자리를 금방 구했다. 덕분에 내 가족은 서민적 유복함을 누릴 수 있었다. 우리에겐 작은 차가 있었고, 그 차로 어디든 갈 수 있었다. 하지만 더 부자가 되기 위해서 주말마다 아우토반을 달린 다거나 하지는 않았다. 1989년이었다.

내 부모는 한국 사람이었다. 그랬었다. 아버지는 북한의 어느 곳에서, 엄마는 남한의 서울에서 태어났다. '어느 곳'이라고 하는 것은 그곳이 어디인지 알 수 없기 때문이다. 그는 한국전쟁으로 고아가 되었고, 부모를 잃었고, 살던 곳을 잃었다. 피난길에 그의 온몸을 감쌌던 목화솜 이불의 촉감만을 기억했다. 그리고 자신의 본관本貫. 수용된 고아원에서 이름이 있는지 묻자, 그는 고개를 끄덕이고는 김광성이라고 했다. '광성'은 그의 본이었다. 아버지와 엄마는 서독에서 만났다. 그들은 자신들의 첫아이이자 마지막 아이가 될 내게, 자신들이 만난 곳이자 내가 태어난 그 도시, 엄마가 사랑해 마지않는 도시의 이름을 붙였다. 본. 나는 본 킴이 되었다.

엄마는 아버지를 '내 아기'라고 부르곤 했는데, 그 말은 어린 내가 듣기에 꽤 이상한 말이었다. 아버지는 엄마보다 열 살이 많았는데, 외모로 본다면 스무 살이 많다고 해도 이상하지 않기 때문이었다. 그녀의 아기이자 내 아버지였던 사람은, 내가 여섯 살 때 집을 나갔다. 동베를린 출신 여자와 사랑에 빠졌고, 자신의 사랑을 주체하지 못해 우리가 알게 되었다. 그는 베를린 장벽이 무너진 게 그녀를 만나기 위해서였다는 식으로 행동했다. 엄마는 하지 말아야 할 말을 했다. 미친 빨갱이. 미친 빨갱이? 아버지의 그녀를 겨냥했을 이 말은, 아버지를 겨냥할 수도 있는 말이라는 걸 엄마는 알지 못했다.

알았더라도 엄마는 그 말을 했을 것이다. 그럴 수밖에 없었을 것이다. 아버지의 새로운 사랑이, 한국전쟁이 그들을 만나게 했다는 그녀의 파괴적 몽상을 파괴했기 때문이었다. '이 나라'에 대한 애정의 뿌리로부터 잘려졌기 때문이었다. 그녀는 '내 아기'라는 말과 그렇게 부르던 대상을 잃었다. 엄마는 아버지에 대한 미움과 나에 대한 애정을 분리시키는 데 어느 정도 성공했고, 나는 계속해서 서민적 안락함을 누릴 수 있었다. 나는 그렇게 통일이 된 독일의 국민이 되었고, 베를린에서 자랐고, 그 도시의 대학에 들어갔다. 내게는 아버지와 함께 살지 않은 게 다행이었다. 같이 살았다면, 그는 계속해서 유교적인 완고함으로 나를 사랑했을 것이다. 나는 말러가 아닌 프레디 머큐리를 듣는다는 이유로 비난받았을 것이다.

2

내가 서울에 온 것은, 평양에 가기 위해서였다. 육 개월 후, 나는 평양에 파견되기로 되어 있었다. 평양? 북한에 간다고? 엄마는 이마를 찌푸렸다. 그 단어가 우리가 입에 담으려 하지 않는 무언가를 떠올리게 했을 것이다. 서울에 간다고 하자 엄마는 반색했다. 자신의 아들에게 한국 여자를 만날 기회가 생길지도 몰랐기 때문이었다. 여자아이들과 데이트를 하기 시작했을 때 엄마는 그 아이들이 순수한 독일인이라는 것에 충격을 받았다. '순수'한 혈통이라는 것은 없지만, 그녀의 세계관에서 '순수'란 그런 것이었다. 내가 결혼이라는 걸 하게 된다면 그녀가 한국계일 거라는, 근거 없는 희망을 갖고 있는 것 같았다. 그런 귀여운 여자가 내 엄마라는 사람이었다.

서울에 있는 한 대학 어학당에서 나는 한국어를 배웠다. 내 독일인 동료들은 한국어를 배우지 않은 채 평양에 들어갔다. 그들은 불편하지 않다고 했다. 나는 불편할 것이다. 독일에서 나는 한국계 독일인이었지만, 북한에 간다면 그저 한국 사람으로 보일 것이다. 서울에서도 그랬다. 별스럽게 옷을 입는 서울 남자들 사이에서 나는 눈에 띄지 않았다. 외국인뿐만 아니라 한국인도 내게 길을 묻곤 했다. 무슨 말인지는 알아들었지만, 어떻게 말해야 할지는 몰랐다. 한국어로는 말이다. 형편없는 실력이었다. 실력이라고 부를 만한 게 아니었다. '고맙습니다'라든가 '잘 부탁드립니다' 같은 외국인이 한국을 방문할 때 외우는 문장보다 몇 문장을 더 아는 정도였으니까.

남한의 정부가 내가 머무를 숙소와 생활비 일부를 지원했다. 그건 내가 평양에 가는 것과 무관한 일이었다. 그들에게 나는 '외국인 예술가'로서 남한의 수도를 방문한 사람이었다. 예술가란 자신의 나라보다 다른 나라에서 환영받는 존재 같았다. 남한에 대한 무엇인가를 쓰거나 그들 나라의 예술가들을 다른 세계로 초대할 수도 있다는 가능성으로, 그러니까 내가 하지 않은 일들로, 그들의 호의를 받는 게 쑥스러웠다. 나는 시와 희곡을 썼다. 내 아버지 때문에 그럴 수 있었다. 어쩌면 그럴 수 있을까 싶을 정도로 아버지가 보던 책 중에는 소설책이나 시집 같은 게 단 한 권도 없었다. 내가 생각하기에, 문학은 그가 전공하는 분야와 가장 멀리 떨어진 무엇 같았다.

그 감사의 마음으로, 나는 아버지를 방문하지 않았다. 나와 엄마는 아버지와 거의 왕래하지 않았으나, 기대하지 않은 어떤 곳에서 그의 소식을 듣곤 했다. 그는 한 사립대학의 초청을 받아 서울에 와 있었다. 자신의 여자와 아이와 함께. 엄마가 '미친 빨갱이'라고 불렀던 그 구동독 출신 여자였다. 엄마의 예견과 달리 그들은 이십 년 가까이 같이 살고 있었고, 앞으로도 그럴 것 같았다. 그들은 한강이 내려다보이는 이태원의 한 맨션에 머물고 있다고 했다. 외국인에게 남한을 알리고자 만들어진 《SEOUL》이라는 잡지에서 나는 그 동네에 북에서 내려온 가난한 사람들이 살던 주거촌이 있었다는 문장을 읽었다.

3

　그해 여름, 나는 서울에서 베이징으로, 베이징에서 평양으로
갔다. 내 짐들도 베이징으로 보내졌다 평양에 오고 있었다. 공항
출입국 관리소의 직원은 내 휴대폰을 초록색 벨벳 주머니에 넣었
다. 휴대폰은 내가 북한을 떠날 때까지 그곳에서 편안하게 격리
될 것이다. 내게 보내진 신호들은 태평양을 건너, 북한의 영해領海
를 떠돌다 공중에서 부서질 것이다. 포말처럼. 회사에서 보낸 남
색 폭스바겐을 타고 고속도로를 지나면서 그런 생각을 했다. 고속
도로에는 내가 타고 있는 폭스바겐만 달리고 있었다. 나는 과거로
진입하고 있었다. 한 번도 본 적이 없는 과거. 향수하지 않는 과거.
잃어버리지 않은 과거. 나와 무관한 과거.
　평양에서 다니게 될 회사는 북한 사람들에게 옷과 식량을 공급
하는 일을 했다. 포교 활동과 모금을 하지 않는 일종의 구세군이
랄까. 사람들은 내가 일하게 될 회사를 NGO라고 했고, 회사가 아
닌 단체로 불렀다. 농학 박사인 오십 대 여자가 회사의 책임자였
다. 그녀는 종자 개량 분야의 손꼽히는 인물로, 녹화綠化되지 않은

북한의 땅을 지날 때면 깊은 한숨을 내쉰다고 한 동료는 전했다. 내가 평양에 가기 몇 년 전까지만 해도 회사에는 스무 명이 넘는 직원이 있었다고 한다. 북한 정부는 평양에 상주하고 있는 NGO들을 내쫓았는데, 내가 다니게 될 회사는 운 좋게 남은 몇 개 중 하나였다. 다른 나라에서 도착한 옷들을 하역하고, 검사하고, 분류해서, 공급하는 것이 내가 하게 될 일이었다.

순안공항부터 숙소로 정해진 평양의 아파트로 가는 데까지는 두 시간 정도가 걸렸다. 초록이 없는 황토색 둔덕들. 반듯하게 뻗은 길과 반듯하게 이어지는 건물들. 반듯한 거리가 이어졌다. 평양의 건물들은 몬드리안의 그림을 삼차원으로 기립시켜 놓은 것처럼 보이기도 했다. 우아함과 율동감이 빠진 몬드리안. 내가 머물게 될 아파트는 '일심'과 '단결' 아파트 근처에 있었다. 아파트 이름이 일심이었고, 단결이었다. '백전'과 '백승'도 있었다. 이런 아파트의 이름을 읽으면서 나는 사회주의 국가에 와 있다는 실물감이 들었다. 남한의 아파트에는 대개 건설회사의 이름이 붙었고, 고급 주거지일 경우에는 '캐슬'이니 '펠리체'니 '팰리스'니 하는 '궁宮'에 해당되는 외국어 접사가 들어갔다. 내가 알기로 평양에서 '궁'이 붙는 경우는 단 하나뿐이었다.

아파트의 거실에서는 대동강이 보였다. 구호로 된 이름이 적히지 않았다면 식별이 되지 않을 다른 아파트들도. 폭스바겐을 타고 지나온 풍경을 생각했다. 간판이 없는 건물들, 그래서 용도를 알 수 없는 건물들. 차가 다니지 않는 거리. 내가 꿈꾸던 나라였다. 쓸 데 있는 것이 없고 쓸데없는 것들이 넘쳐나는 나라. 내 상상력을 자극하는 것들이 현실로 실현된, 있을 수 없는 나라가 눈앞에 있었다. 기쁘지는 않았다. 비슷한 색 옷을 입고 있는 사람들 때문일까. 그 색은 뭐랄까. 변색된 캐러멜과 비슷했다. 그리고 도처에 널린 빨간 궁서체의 글씨들. 침울한 빨강들. 그건 뻔하지 않았지만, 아름답지도 않았다. 아름다운 것들을 발견하지 못한다면 이곳에서 버틸 수 없을 것이라는 생각이 들었다.

4

기우였다. 나는 그녀를 만났다. '그녀'라고 할 수밖에 없다. 쓸데없음의 현신 같은 여자. 그녀.

그녀는 아침 일곱 시에 나타났다가 오후 두 시가 되면 사라졌다. 매일같이 그랬다. 나는 그녀를 자동차를 타고 가다 만났고, 그녀를 만난 이후로는 차를 두고 다녔다. 그녀를 더 자세히 보기 위해서. 늘 모자를 쓰고 있는 그녀. 운두가 크고 챙이 짧은 모자. 어떨 때는 파란색, 어떨 때는 하얀색. 그녀는 남자들에게 둘러싸여 있었다. 차를 타고 지나가는 남자들. 보이지 않는 남자들. 그녀는 교통경찰이었다. 그녀는 회전교차로의 하얀 동그라미 안에 서 있었다.

얼굴이 하얀 그녀는, 얼굴보다 더 하얀 치마 제복을 입는다. 파란색 치마 제복을 입을 때도 있다. 파란색 재킷에 하얀색 치마를 입기도 한다. 흰 양말을 발목까지 오게 접고 검정 로퍼를 신는다. 구시대의 여학생 같은 차림이다. 사진으로만 보았던 구시대. 가까이에서 보고 로퍼가 아니라는 걸 알았다. 끈으로 묶는 굽이 낮은 레이스업 슈즈였다. 비가 올 때는 종아리 절반까지 오는 하얀 장화를 신는다. 검정 장화도 신는다. 그 위에 발목까지 내려오는 투명 우비를 입는다. 그리고 빨간색과 하얀색이 번갈아 교차하는 지팡이를 든 채로 그녀는 서 있다. 그것은 성탄절 트리에 매달리는 커다란 지팡이 사탕과 닮아 있었다. 그녀는 지팡이 사탕을 든 성탄절의 요정으로 보였다.

그녀 덕에 북한식 회전교차로라는 것을 이해할 수 있었다. 신호가 바뀌길 기다릴 필요가 없어 차가 설 필요가 없다. 공회전은 일어나지 않는다. 소음과 사고도 줄어든다. 이론상으로는 그랬다. 완벽했다. 공산주의라는 체제처럼. 나는 보았다. 평양의 차들은 빨리 달렸고, 경적을 울리며 지나가는 무례한 자동차들이 있었다. 거기에 타고 있는 사람들은 무례함에 대해 생각해본 적이 있을까? 그들에게 질서란 자신들의 안전을 지키기 위해서만 필요한 것이기 때문이었다. 그녀의 지팡이는 무력했다. 기운 없이 흐들흐들했다.

하지만 그녀는 해야 했다. 할 수밖에 없었다. 자신의 일이었기 때문이었다. 그녀는 신호등을 대신해 거기에 있었다. 호루라기를 불 때면 오른쪽 뺨에 보조개가 파였다. 그러다 목덜미에 흘러내린 땀을 닦을 때, 한숨을 내쉴 때, 눈물을 참을 때, 나는 사랑에 빠졌다. 빠졌던 것 같다. 슬로모션으로 촬영된 영화의 한 장면처럼 그녀가 뻣뻣해진 고개를 양옆으로 기울일 때 내 시간도 그녀에게로 기울었다. 그녀는 거리에서 시를 쓰고 있었다. 순간마다 완벽하게 사라지고 완벽하게 창조되는, 그래서 완벽한 시. 우리는 동료였다. 애정은 세계를 이해할 수 있게 한다. 나는 북한식 회전교차로와 공산주의와 시인의 역할과 사랑에 대해 이해했다. 사랑은 무언가 부족할수록 생겨나는 것 같았다. 나는 없는 게 많았다. 현실감도, 책임감도, 준법정신도, 자부심도, 열등감도 없었다. 그런 면에서 나는 꽤 괜찮은 시인이었다.

5

그녀와 함께 밤을 보내고 나서 청어 샐러드와 자두 주스를 먹고 싶다고 생각했다. 밤을 보내는 것보다 그녀의 숨소리를 들으며 잠드는 것과 그러고 난 후 아침을 함께 먹는 것이 더 중요했다. 아침도 아니고 점심도 아닌. 시간감이 사라져 버린 하루의 첫 끼. 먹을 것이 담긴 트레이는, 잠에서 깨었지만 쑥스러워서 잠든 시늉을 하고 있을 그녀가 있는 침대로 나를 데려갈 것이다. 그녀는 성난 고양이처럼 등을 곧추세우고 내게로 다가온다. 나는 청어의 가시가 고양이 수염 같다고 생각한다. 라벤더 오일을 떨어뜨린 따뜻한 물에 그녀의 종아리를 잠기게 할 것이고, 올이 조밀한 수건으로 그녀의 종아리를 감쌀 것이다. 한 번 더 그녀의 몸 위에 내 무게를 싣고, 나는 그녀에게 이야기할 것이다. 나의 수호천사에게. 내가 머물고 있는 이 쓸데없는 세계를 지키고 있는 그녀에게.

"호네커를 알아요?"

"네, 잘 알고 있습니다."

"어떻게 알고 있어요?"

"위대한 구동독의 서기장이지 않았습니까?"

"호네커가 평양에 사우나를 설치한 거 알아요?"

"네?"

"핀란드 사우나요. 핀란드 대통령이 호네커에게 선물한 거거든요."

"그게 왜 북조선에 있는 겁니까?"

"호네커가 사우나를 별로 안 좋아했대요. 그래서 동독이랑 가장 멀리 떨어진 데 설치하라고 했대요."

또 말할 것이다. 나는 호네커의 사우나를 보러 북한에 온 것이라고. 것이었다고. 호네커의 사우나는 사라졌고, 나는 당신을 만났다고. 호네커의 사우나는 나와 당신을 만나게 하기 위해서 설치된 것이라고.

호네커의 사우나는 평양에 있는 동독의 대사관에 설치되었다. 전 세계에 있던 동독대사관은 1990년에 없어졌다. 평양에서도 그랬다. 나는 들었다. 베를린 장벽이 무너지고, 동독과 서독의 지도자가 만나 통일을 합의하고, 마침내 통일을 앞둔 전날, 평양의 동독대사관에서 있던 일을. 동독대사관 사람들은 평양에 있는 다른 대사관 직원들을 초청해 파티를 연다. 동독대사관의 주류 저장고를 비우기 위해. 자정, 통일된 나라가 탄생한 그 순간, 파티는 끝나고, 동독인들은 잠을 자러 간다. 평양의 마지막 동독인들. 이제는 동독인이 아닌 사람들. 그때 나는 잠들어 있었다. 나는 서독인으로 잠들었다가 통일 독일의 국민이 되어서 깨어났다. 그랬던 것이다.

동독대사관 사람들이 통일된 독일로 떠나자 동독대사관이 있던 건물은 비워진다. 호네커의 사우나도 식어버린다. 수 년 동안 비워졌던 그 건물. 새로운 주인이 입주한다. 사우나는 고민거리가 된다. 핀란드식 사우나란 좋아하지 않기 힘든 게 아닌가. 호네커 같은 사람이 아니라면. 겨울에 섭씨 영하 삼십 도까지 내려가는 평양에서는 더욱이. 절차와 명분이 문제가 되었던 것이다. 사우나가 동독 대사관의 것이었다는 사실이, 한 나라의 국가원수가 동독의 서기장에게 선물했다는 것이, 동독의 서기장은 이제 없다는 것이, 동독도 사라졌다는 것이 문제가 되었다. 그랬을 것이다.

나는 멸종된 것이나 흔적만 남아 있는 것, 아니면 흔적조차 없는 것들에 끌렸다. 자연사 박물관에 있는 공룡의 뼈들, 여자의 꼬리뼈, 호네커의 사우나. 용도를 알 수 없는 것들. 용도가 사라져 버린 것들. 용도는 없어도 된다. 쓸데없는 것은 쓸데없음으로 쓸데가 있다. 나는 쓸데없는 것들에 꼼짝을 하지 못했다. 내가 쓰는 시나 희곡들은 그런 것들로 채워졌다. 쓸데없는 소동극으로 채워진 나의 희곡들. 내가 셰익스피어에게 배운 게 있다면, 희곡이란, 문학이란, '헛소동'이라는 것이다. 한 문장으로 정리할 수 있는 이야기란 쓰일 필요가 없던 이야기다. 문학이 아니라는 이야기다. 언젠가 나는 '핀란드 사우나'라는 제목의 글을 쓸 것이다.

하지만 나는 그녀에 대해 아는 것이 없었다. 그녀와 말해본 적도 없었다. 그때까지는.

6

우리는 남포의 해변으로 물놀이를 갔다. 그녀와 함께 가기 전에는 혼자 가거나 동료와 함께 갔었다. 남포는 평양에서 가장 쉽게 갈 수 있는 교외였다. 평양의 외국인들은 어디로든 갈 수 있었다. 서쪽으로는 남포, 동쪽으로는 원산, 남쪽으로는 사리원, 북쪽으로는 평성까지. 신의주 너머로는 어려웠다. 좀 그런 것 같았다.

검문소의 군인은 차를 멈추게 한 뒤 물었다. "어디로 가십니까?"라고. 나는 물었다. 군인 뒤로 보이는, 출렁이는 연두색 풀들의 이름이 무엇이냐고. "저 푸른 거 말입니까? 청보리 밭입네다." 걷어 올린 군인의 소매 아래로 솜털이 보송보송했다. 군인은 곱고, 어렸다. 남포댐을 지나서 좀 더 가면 해변이 나왔다. 해변에는 진흙이 섞인 삼각형의 모래사장과 탈의실이 있었다.

탈의실에서 그녀가 나왔을 때 나는 좀 웃었다. "선생님, 왜 웃습니까?"라고 말하며 그녀도 웃었다. 가까이에서 보니 그녀의 보조개는 왼쪽에도 있었다. 소매가 있는 티셔츠와 허벅지를 덮는 반바지를 입은 그녀와 함께 바다를 향해 걸어갔다. 사람들은 해변과 바다의 경계에서 발을 담그고 있었다. 물속에 들어가더라도 멀리 가지는 않았다. 돌고래 튜브라든가 색이 현란한 비치발리볼 같은 거를 갖고 있는 사람들은 좀 더 용기를 냈다. 바다란 완만히 깊어지지 않는다는 것을 그들도 알고 있었다. 내가 수영을 하고 나왔을 때 바닷물은 그녀의 종아리에서 찰랑이고 있었다.

나는 그녀에게 물었다. "측면을 보일 때 가도 좋다는 거죠?" 그녀는 고개를 끄덕였다. "나를 정면으로 보거나 등을 돌리고 있으면, 가지 말라는 거죠?" 그녀는 고개를 끄덕였다. "나한테는 아무 소용이 없어요." "무슨…… 말씀이십니까?" 말하지 못했다. 측면을 보이든, 정면으로 보든, 등을 보이든, 나는 당신을 떠나고 싶지 않다고. 당신의 신호는 내게 아무런 쓸데가 없다고. 말하고 싶었다. 당신을 지나치는 남자들이 당신을 보고 웃는 게 싫다고. 엄지 손가락을 치켜드는 건 더 싫다고. 나는 그러지 못했다. 그녀는 어리둥절한 표정을 짓다가 웃었다. 보조개가 파일락 말락 하게.

그러더니 물었다.

"김본 선생님은 본*이 어디십니까?"

광성이라고 했다. 내 본은 광성이 아니라 본이라고 생각했지만.

"본이라는 이름이 참 좋습니다. 본. 김본. 이렇게 부르고 있으면 저도 단단해진다는 느낌이 든단 말입니다."

본은, 내 본관일 뿐만 아니라 이름이기도 했다. 아버지는 내 이름에 따로 한자를 지어주지 않았지만, '근본'이라는 뜻 말고는 쓸 만한 본의 짝을 찾을 수 없었다. 김의 근본, 나의 근본, 본의 근본.

그녀가 물은 것은, 북에 와서 가장 많이 들어본 질문이기도 했다. 광성이라고 하고 나면 알 수 없는 막막함을 느꼈다. 어디 있는지도 모르는 땅과 내가 연결되어 있다는 것이, 내 아버지가 태어난 이 땅에 내가 머물고 있다는 것이, 하지만 그곳이 어디인지 영원히 알 수 없다는 것이. 그녀는 나의 먼 친척일 수도 있는 것이다.

나는 그녀가 좋았다. 구시대의 여자. 삼십 년 전을 살고 있는 여자. 그녀를 생각하면, 내가 살지 못했던 시간으로 거슬러 올라가는 기분이 들었다. 내가 지니지 못한 가치와 미덕과 수줍음. 남자들이 엄마 같은 여자에 끌릴 수밖에 없다는 일반론을, 나는 처음으로 수긍했다. 나는 느꼈다. 그건 자신의 엄마와 비슷한 시대감각을 갖고 있는 여자에게 끌린다는 말이라고. 세련된 것은 금방질린다. 낡아 버린다. 오래된 것만이 살아남는다. 시대에 뒤떨어지고, 약간은 우매하고, 그래서 웃음이 나오지만, 한심하지 않은 여자. 귀여운 정도. 수정될 수 있는 오류를 갖고 있는 여자들. 놀리면 발끈하지만, 발끈하는 게 귀여워서 놀리게 되는 여자. 내 엄마는 아버지에게 그런 여자가 아니었을지도 모른다.

7

그녀의 옷이 코발트블루로 바뀌었다. 겨울이 왔다는 말이다.

개털이 달린 러시아 식 모자를 쓴 그녀. 그녀들. 평양에는 눈이 자주 내렸고, 많이 내렸다. 늘 눈이 있었다. 평양에서는 제설 작업이라는 개념이 발달하지 않은 것 같았다. 그녀가 서 있는 하얀 동그라미 안은 치워졌다. 눈이 비워진 교차로 위의 그녀는 세상의 중심으로 보였다. 겨울의 나는 바빴다. 겨울옷은 여름옷보다 부피가 크고, 무거웠고, 필요로 하는 곳이 많았다. 눈이 제대로 치워지지 않은 길 위를 운전하려면 시간이 많이 들었다. 사무실은 추웠다. 북한 사람들의 사무실에 비해서는 따뜻하다고 하지만. 집은 더 추웠다. 난방은 충분하지 못했고, 온수의 온도도 그랬다. 샤워를 하다 단전을 겪을 때도 있었다. 그런 날은 더 추웠다.

해가 바뀌고, 우리는 음악회에 갔다. 말레비치 풍으로 바이올린이 그려진 포스터는 공연 한 달 전부터 시내에 붙어 있었다. 그날도 눈이 왔다. 미국에서 오케스트라와 지휘자가 왔다. 동평양극장은 평양의 지하철 역사와 비슷했다. 천장이 높고 소리가 울리는 빅토리아식 건물, 낭비된 대리석, 크리스털이 무성한 샹들리에. 극장의 전면에 높은음자리표 모양의 장식을 붙여 놓은 것을 보고 나는 조금 웃었다. 순진한 상징. 그렇다면, 극장의 후면에는 낮은음자리표가 있어야 하는 거 아닌가. 벤츠에서 내린 고관들과 한복을 입고 작은 가방을 든 여자들이 들어서고 있었다. 그녀도 한복을 입었다. 머리를 묶던 그녀는 머리를 풀었다.

북한의 국가國歌가 먼저 연주되고, 미국의 국가가 연주되었다. 사람들은 선 채로 양옆에 걸린 두 나라의 국기를 바라보면서 표정 관리를 했다. 하나의 큰 별과 오십 개의 작은 별이 있는 두 개의 깃발. 지휘자는 교향곡을 연주하기 전에 이 노래가 작곡된 배경을 설명했다. 교향곡이 연주되는 내내 섬세한 표정을 짓지 않기 위해 애쓰던 사람들은, 알레그로로 시작해 다시 알레그로로 네 개의 악장이 끝나자 박수를 쳤다. 직선의 박수. 웃지 않는 사람들. 당혹스러워하는 연주단원들. 미소는 상환되지 않았다. 그도 그럴 것이다. 평양平壤을, 이름에 걸맞게 정말 평평한 땅으로 만든 나라의 명문 연주단이 만들어낸 음악이었다. 그들이 연주한 교향곡은 그 나라를 찬양하는 어느 얼빠진 작곡가가 만들어 바친 노래였고.

극장에 입장할 때 보았던 원로들을 떠올렸다. 네모난 귀갑테 안경을 쓰고 가슴에 훈장을 단 늙은 남자들. 그들 중 상당수는 미국과 싸웠을 것이고, 동료나 가족을 잃었을 것이다. 김일성과 함께 일본과 싸운 후, 남한과 미국과 싸웠을 것이다. 그들은 어떤 표정을 짓고 있을까. 그녀의 얼굴도 궁금했다. 고개를 돌리지 않았다. 진지하지 못한 나는 피콜로 주자를 보면서 픽 웃어버렸다. 어떤 유치한 유행가 가사가 떠올랐기 때문이었다. 앙코르 곡은 '캔디드'였다. 볼테르의 〈캉디드〉를 모티프로 레너드 번스타인이 만든 노래. '캔디드'를 들으면서 생각했다. 나는 그녀를 만나기 위해

평양에 왔다고. 그녀를 만나기 위해 태어났다고. 볼테르 식으로
말하자면 말이다.

8

나는 말하고 싶었다. 영화를 보면서 귓속말을 하는 것은 내 오
랜 습관이었다. 연극을 보면서는 그러지 않았다. 내 일에 대한 신
성함의 실천이었다. 최소한의. 음악에 대해서는 별다른 입장을 갖
지 못했다. 그녀와 그날의 연주를 보기 전까지는. 나는 귓속말을
하고 싶어 혼났다. 잘난 체를 하면서 그녀를 놀리고 싶었다. 이를
테면, 피콜로에 대한 이야기. 첼로보다 피콜로 같은 너의 신음 섞
인 목소리가 난 너무 거슬려. 이런 가사가 있다고. 그녀는 얼굴을
붉힐 것이다. 나는 물을 것이다. 피콜로는 목관악기인지 금관악기
인지. 우리는 플루트보다 높은 음을 내는 '작은 플루트'에 대해 이
야기할 것이다. 연주가 끝났을 때 나는 누구보다도 세게 박수를
쳤다.

 손이 멈추고, 활이 멈추면, 연주가 끝난다. 박수 소리도 끝나면
공연은 끝나는 것이다. 나는 그렇게 알았다. 그날의 박수 소리는
커졌다가 작아졌다가 다시 커지기를 반복했다. 사람들은 자리에

서 일어났다 앉았다가 다시 일어났다. 누군가 손을 흔들자 다른 누군가도 손을 흔들었다. 옷깃에 김일성 배지를 단 사람들의 얼굴이 펴지고, 한복을 입은 채 팔짱을 끼고 있던 여자의 팔이 풀렸다. 길에는 눈이 내린다. 내렸다. 진눈깨비. 우리는 전차를 타고 회색빛의 얼음 궁전들을 지나갔다. 박수 소리가 귀에서 찰싹거렸고, 그녀의 볼에는 열이 올랐다. 그 밤의 거리는 내가 본 평양 중에서 가장 반짝였다. 나무들까지도 불이 켜졌지만, 빛은 밝지 않았다. 자제되었다는 느낌. 어떤 결여는 우아함을 만들어 내기도 한다고 나는 느꼈다.

나는 바랐다. 눈이 굵어지기를, 전차가 더 천천히 움직이기를, 단전이 되길, 전차가 멈춰 서길, 오래도록 그런 채로 있길, 지친 사람들이 전차에서 내리길, 내리길, 내리길, 그래서 우리만이 남아 있게 되기를. 나는 바랐다. 둘만이 전차 안에 있고 싶었다. 운전사도 어디로 가 버린다. 전차 위로 눈이 쌓인다. 쌓인다. 쌓인다. 거리의 불이 꺼진다. 차례대로 하나씩. 마침내 불은 하나만 남는다. 그 불빛을 그녀의 눈동자에서 본다. 하나만 남았던 불이 꺼지고, 거리는 사라진다. 전차 안은 어둡지 않다. 숨과 열기로.

우리는 버려지거나 잊힐 것이다. 우리가 견딜 수 없을 때 문을 열고 걸어 나올 것이다. 나왔다. 눈에 새로운 길을 내면서. 내가 앞에서 걸을 것이다.

나는 상상했다. 북한의 거리에 무엇인가를 더하는 일들을. 소년이 되기 전의 남자아이 같은 선의와 천진함으로 그것들을 놓아두는 것이다. 레고 블록을 내려놓듯이. 거리에는 차가 없고, 공기는 깨끗하고, 사람들은 온순한 이 초현실의 거리에 현실을 더하는 일을 한다. 색과 더러움과 활기를 더한다. 가로등을 꽂고, 음수대를 꽂고, 나무와 꽃들을 꽂을 것이다. 그녀가 서 있는 하얀 동그라미 안을 녹지로 바꾼다. 그녀의 발바닥에 완곡婉曲이 흐른다. 도서관도 놓고, 피시방도 놓고, 섹스숍도 놓는다. 위대한 지도자의 동상을 포위한다. 포위시킨다. 섹스숍 앞에 추위로 볼이 튼 볼 빨간 사람들이 줄을 선다. 그 볼이 더 빨개지는 모습을 상상하며 나는 키득거렸다. 하지만, 버스는 멈췄고, 그녀는 내렸다.

나는 그녀에게 아무 말도 못했다. 가장 하고 싶었던 말도. 다른 남자 앞에서는 머리를 풀지 마요. 그러지 말아요. 뭐 이런.

9

나는 유튜브로 나를 보고 있다. 몇 번째인지 모른다. 그 지휘자가 죽었다는 소식을 들었기 때문이다. 그는 버지니아 주에 있는 자신의 농장에서 죽었고, 나는 그 소식을 샌프란시스코에서 듣는다. 미국의 동쪽 끝에서 죽은 남자의 소식을 미국의 서쪽 끝에서 들었다는 것이 이상하게 느껴진다. 내 옆에는 태평양이, 그의 옆에 대서양이 있다는 것이. 우리가 한때 평양의 극장 안에 함께 있었다는 것이. 그 겨울, 평양의 음악회는 인터넷 안에 남겨졌다. 북한이 아니라면, 어디에서든 볼 수 있는 것이다. 카키색 코트를 입은 나는 객석의 다른 사람들과 잘 구별되지 않는다. 머리를 풀어서 얼굴의 절반이 가려진 그녀. 알아보는 데는 문제없다. 뒷모습이라도. 하지만 나는 그녀를 보는 게 괜찮지 않다. 숨이 막히고, 어지럽고, 커다란 잘못을 저질렀다는 생각이 든다. 아직.

남한의 한 방송국에서 제작한 다큐멘터리도 본다. 그것도 유튜브에 있다. 나는 지휘자가 어린 아들을 데리고 평양에 갔다는 것을 알게 된다. 십 대인 금발의 소년은 자신 말고는 관심 없다는 태도로 늙은 아버지 옆에 앉아 있다. 아버지를 닮은 과도한 다크서클. 다큐를 보고 나서 연주 실황을 볼 때, 다시 이 금발 소년을 발견한다. 열광적으로 박수를 치고 있다. 기립해서. 누구보다 더 세게. 아버지 옆에 냉담하게 앉아 있던 그 소년이라는 게 믿기지 않는다. 그의 뒤에서 나도 박수를 치고 있다. 여름의 나는, 겨울의 나와, 그녀와, 소년을, 동시에 본다. 포디엄 위에 서 있는 소년의 아버지도 본다. 그 겨울, 나는 평양을 떠났다.

북측은 회사에 다시 인원 감축을 통보했다. 떠나던 날을 기억하고 있다. 추웠다. 눈은 오지 않았다. 카키색 제복을 입은 남자는 빨간 기와 노란 기를 흔들었다. 주체탑이 하늘을 찌르고 있었다. 빨간색과 흰색과 검은색으로 쓰인 궁서체들을 지났다. 지하에서 움직이고 있을, 민트색에 빨간색이 섞인 지하철도 지났다. 회전교차로에 그녀는 없었다. 공항 건물에는 '평양'이라는 글자와 함께 죽은 지도자의 사진 같은 그림이 걸려 있었다. 그렇게 나는 그녀가 호위하는 평화로운 세계를 떠나 무법천지로 돌아왔다. 이제 평양의 회전교차로에 교통여경은 없다. 그녀도 사라졌다. 내가 떠났기 때문에 그녀가 사라졌다고 생각한다. 볼테르 식으로 말하자면 말이다. 정전이 될 때만 그녀들이 나타난다고 한다. 나는 회전교차로를 지나지 못했다. 그녀는 사라지지 않았다. 그녀와 이별하지 못했다. 못할 것이다.

다큐멘터리에 있는 연주 단원의 인터뷰를 다시 본다. 한 여자가 가로등에 대해 말한다. 단원들이 탄 버스가 평양의 거리를 지나가자 뒤에서 가로등이 꺼졌다고. 얼마나 전력이 부족한지 알 수 있었다고. 나는 가로등에 대해 생각한다. 그들이 지나가기 시작할 때 앞에서 가로등이 켜졌더라면 어땠을까 생각한다. 하나씩. 그녀를 위해 가로등을 켜는 사람이 되고 싶다고 생각한다. 싶었다고 생각한다. 사랑의 시차에 대해 생각한다. 세계지도를 아코디언처럼 접어 태평양을 단축시킨다. 샌프란시스코 만과 한국 사이에 있는 일본도 지도 안으로 접어 버린다. 나는 그녀와 가까워진다. 나는 그녀의 지팡이를 녹여 먹는다. 먹고 싶다. 먹고 싶었다. 잃어버린 미래.

10

그녀가 온다. 나는 커니 스트리트와 마켓 스트리트 교차로, 샌프란시스코의 중심에 있는 건물 안에 있다. 서 있다. 벽감에 기대어 몸의 반은 빛으로, 다른 반은 어둠으로 놓이게 한 채로. 사람들은 해변으로 가 버렸는지 거리에는 사람이 없다. 그녀가 오고 있다. 샌프란시스코의 여름. 드래곤푸르트 빛의 몸에 휘감기는 원피스를 입었다. 화려하고, 잘났고, 가슴도 큰 여자. 하늘을 향해 들려 있는 커다란 유두가 원피스 위로 두드러질 것이다. 우리는 팟^{pot}을 하거나 하지 않고, 옷을 벗거나 벗지 않은 채로, 시간을 들이거나 그러지 않거나 하면서 자신을 즐길 것이다. 확실히 말할 수 있는 단 한 가지는, 그게 나쁘지 않을 거라는 것이다.

"저 여자 누구야?"

내가 샤워하고 나왔을 때, 그녀는 침대에 누운 채로 내 노트북을 보고 있었다. 엉덩이에서 팔랑거리는 나비의 날개. 평양 공연

실황. 내가 보던 영상은 내가 박수치던 장면에서 멈춰 있었다.

"누구?"

"자기 옆에 있는 여자."

"모르는 여자야."

가슴이 아팠다. 그래서 나는 천천히 말할 수밖에 없었다.

"그런 것 같지 않은데."

"정말이야."

나는 내 아버지를 통해 어떤 진실은 거짓보다 나쁘다는 걸 배웠다. 대개의 진실은 그렇다.

"하긴, 자기가 저런 여자를 좋아할 리 없지."

미셸. 미셸이라고 하자. 미셸은 말했다.

"저런 여자?"

"북한 여자잖아. 촌스러워. 그래. 불쌍하고 촌스럽지."

어쩐지 내 엄마가 떠올랐다.

"빨갱이."

"빨갱이?"

나는 웃으면서 되물었는데, 미셸은 내 냉소를 자신을 귀여워하고 있다는 식으로 알아들었다.

"미친 빨갱이."

미셸은 자신감을 갖고 한 걸음 더 나아갔다.

나는 경탄했다. 여자들에게 생래적으로 장착되어 있는 경쟁자를 알아차리는 능력에 대하여, 머뭇거리지 않고 경쟁자에게 쏟아내 버리는 미친 적의에 대하여, 부메랑이 되어 자신을 해칠 것을 알면서도 그것을 쏟아낼 수밖에 없는 미친 정열에 대하여. 나는 문을 열고 나가고 싶었다. 어디로든.

"미친?"

나는 내 엄마를 이해할 수 있을 것 같았다. '미친 빨갱이'라고 말할 수밖에 없는 미셸의 그 미친 감각에 대해서도. 하지만 이해한다고 해서 용서할 수 있는 것은 아니다.

"미친."

"너는 미쳤어."

이 여자는 아름답고 미쳤다. 미쳤다는 게 그녀의 아름다움을 부각시켰는데, 누군가에게는 그렇지 않을 수도 있었다. 미친 여자와의 섹스는 상상하는 것만큼이나 좋다. 미쳤다는 것은 상상을 초월하는 거니까. 현실도 초월한다.

"미국인은 역시 단순해."

나는 웃지 않는다.

"독일인은 뻣뻣하고?"

미셸은 까르르 웃는다.

나는 그녀의 엉덩이를 때린다. 양손으로 엉덩이를 모은다. 양쪽 엉덩이에 분리돼 있던 나비의 날개가 짝을 찾는다. 날개를 찢고 싶다고 생각한다. 그녀 나름대로 절정에 이르고 나면 나는 어느 정도의 자부심을 느끼며 나만의 절정에 이르려고 애쓸 것이다. 자고 싶다고 생각할 것이다. 아니면 목욕을 하고 싶다고 생각할 것이다. 샌프란시스코에 사우나가 있는가. 아마 그럴 것이다. 회전교차로가 있는 것처럼. 중국인이 있는 것처럼. 중국인은 어디에나 있다. 많다. 평양에도, 서울에도, 베를린에도, 본에도, 이곳에도. 샌프란시스코에 없는 것은 그녀뿐이다. 그리고 눈*.

그녀는 본이 어디냐고 물었다. "광성이란 데가 어디에 있습니까?"라고도. 나는 알지 못했다. 그녀가 이 말을 했던 것도 같고, 아닌 것도 같다. 나는 그녀를 만났던 것도 같고, 아닌 것도 같다.

* 유미리의 《평양의 여름휴가》, 이주영의 《북한에서의 환상의 레지던시》, 존 에버라드의 《영국 외교관, 평양에서 보낸 900일》 등을 참조했다. MBC 다큐멘터리 〈평양의 미국인〉과 유튜브에 올라와 있는, 로린 마젤이 뉴욕 필하모니 연주자들과 방북해 2008년 동평양극장에서 가졌던 연주회에서 많은 인상을 받았다.

✳ ✳ ✳ ✳

한은형

2014년 〈샌프란시스코 사우나〉를 썼고, 2016년 베를린에 갔다. 베를린에서 석 달을 살았다. 그곳에서 가장 흥미를 끌었던 지역은 북한대사관이 있는 곳이었다. 담장 너머로 북한대사관 주차장에 세워진 차들을 봤다. 그곳 근방에 있던 일식당에서 북한 사람으로밖에 보이지 않는 사람들과 마주치기도 했다. 말을 걸지는 않았다. 그 사람들을 보며 연어알 덮밥 같은 것을 먹었다.

북한대사관이 있는 곳과 일식당이 있는 곳은 모두 구舊 동독 지역이었다. 독일이 통일되지 않았더라면 나는 북한대사관을 보지 못했을 것이며, 북한 사람들이 다니는 일식당에 가지도 못했을 것이다. 베를린에서 머물던 호텔도 예전 동독 지역에 속해 있었다. 통일된 독일의 수도 베를린에서 지내는 동안 통일된 한국에 대해 생각하지 않을 수 없었다. 그러다 알았다. 내가 베를린을 생각해왔던 것은 평양을 생각하는 것과 다르지 않은 일임을. 나는 베를린을 오래오래 생각했고, 평양을 오래오래 생각했고, 〈샌프란시스코 사우나〉를 썼다.

맺으며

——— 백영옥

2018년 4월 27일. 남쪽의 대통령과 북쪽의 국무위원장이 남한과 북한의 땅을 나란히 넘는 순간 코끝이 찡했다. 몇 달 전 세계정세를 생각하면 꿈 같은 이 상황을 믿을 수가 없었기 때문이다. 사회학자 지그문트 바우만은 현대 사회의 특징을 '액체성'이라고 표현했다. 고정적이지 않고 끊임없이 변화하기 때문이다. 여기에서 중요한 건 변화의 주기가 매우 빠르다는 것이다. 남북관계처럼 멀리 갈 것도 없다. 동네를 걷다 보면 몇 달 사이 상가의 지형이 바뀌는 경우도 종종 있다.

평화의 무드 속에서 어떤 사람들은 서울 역사에 서 있는 자신을 보기도 한다. 플랫폼 여기저기에는 평양행, 베이징행, 블라디보스토크행 열차 시간을 알리는 전광판이 붙어 있다. 누군들 그렇지 않을까. 우동 먹으러 일본의 가가와현까지 가는 세상에, 그보다 가까운 평양에서 평양냉면을 먹을 수 없다는 건 비극적인 일이었다. 분단으로 섬나라 아닌 섬나라에 살았던 우리에게 이 땅이 유럽까지 이어진 대륙이었음을 실감하게 할 사건이 일어난 것이다.

가끔 롤러코스터에 탄 것처럼 현기증이 난다. 불과 몇 달 전까지만 해도 '늙다리 미치광이'와 '꼬마 로캣맨'이라고 서로를 맹렬히 비난하던 두 정상이 손을 맞잡게 될 줄 알았겠는가. 오, 반전도 이런 반전이 없다.

그러나 여기에 누구도 모를 또 다른 반전 하나가 있다. 북한 관련 소설집이 나온다는 얘기를 들은 건 이미 3년 전이었다. 당시엔 이런 책이 과연 나올 수 있을까 의아했었다. 좋아하는 작가들이 북한 관련 소설을 쓰고 있었을 그 시간, 나는 이 소설집의 미래를 걱정했었다. 하지만 결국 북한에 대한 소설이 나왔다.

액체 사회에서 우리에게 가장 필요한 덕목은 유연성이다. 기존의 틀을 깨고 스미고 구부러지고 섞일 수 있는 순발력과 상상력이 필요하다. 작가는 질문하고 상상하는 것을 전문적으로 하는 직업으로, 소설의 뼈대가 상상력이다.

여기 어부로 평생을 성실히 살았으나 납북된 후, 뒤늦게 간첩으로 몰린 아버지의 이야기가 있다. 평양에서 NGO 단체 일원으로 일하며 북한 여인과 사랑에 빠진 남자의 이야기와 남한의 대학 입시에 '북한 역사'가 선택 과목으로 지정된 미래의 어느 날, 북한 최고 핵물리학자를 인터뷰하러 가는 남한 기자 이야기도 있다.

북한예술단에서 만난 한 여자의 연애사는 특정 인물을 연상시키며, 간첩으로 몰려 비극을 되풀이하는 남자의 이야기 역시 현존하는 인물을 별 수 없이 떠올리게 한다. 현실에서 길어온 작가의 상상력이 북한의 장마당과 평양의 거리와 그곳 사람들의 내면 풍경을 소환한다. 책을 다 읽을 즈음, 종점에서 내리지 못해 얼떨결에 경주로 가는 '나이트버스'에 탑승한 인디밴드 음악가가 부르는 노래가 떠올랐다.

나이트 나이트 괜찮아요. 나이스 나이스 괜찮아요.

과연 지난 몇 십 년간은 나이트, 밤과 어둠의 시절이었다. 하지만 어둠을 밀어내는 것은 빛이다. 진짜 빛을 보기 위해 우리가 때로 사막에 가야 하는 것도 그런 이유다. 지나친 낙관을 경계해야 하지만 어느 시절엔 그저 믿어보고 싶을 때도 있다. 기대하지 않

으면 실망할 일도 없겠지만, 어느 시절엔 실망하는 것보다 아무것
도 기대하지 않는 게 더 나쁘게 느껴지기 때문이다. "나이스 나이
스 괜찮다"는 저 노래가 서로에게 닿아본 적 없는 땅, 한라에서 백
두까지 들렸으면 좋겠다.

_백영옥(소설가)

안녕, 평양

초판 1쇄 발행 2018년 7월 25일

지은이　　공선옥 외
펴낸이　　오유리
펴낸곳　　엉터리북스
편집자　　오유리, 정명효
마케팅　　변창욱, 김태정
출판등록　2017년 3월 13일 제2017-000012호
주소　　　서울특별시 양천구 목동서로 186, 1411호
전화　　　02-3142-8004
전자우편　yuriege@hanmail.net

ISBN 979-11-86615-34-8　03810

이 도서의 국립중앙도서관 출판예정도서 목록(CIP)은 서지정보유통지원시스템
홈페이지(http://www.ni.go.kr/kolisnet)에서 이용하실 수 있습니다.(CIP 제어번호 : CIP2018021784)

내일의 평양은 오늘의 평양과 다를 겁니다.